Sargon Boulus

Ein unbewohnter Raum

سركون بولص

غرفة مهجورة

Zweisprachige Reihe Arabisch-Deutsch
Band 6

2. überarbeitete Auflage 2019

www.edition-orient.de

Umschlagentwurf: Arne Scheuermann
Satz: Orient-X-Press, Berlin
Druck und Bindung: CPI books GmbH, Leck

ISBN 978-3-922825-58-6

Sargon Boulus
Ein unbewohnter Raum

Erzählungen

Aus dem Arabischen übertragen von

Suleman Taufiq

سركون بولص
غرفة مهجورة

قصص

Edition Orient

المحتويات

٦ غرفة مهجورة

٢٦ الملجأ

٣٨ النورُ ضعيفٌ في السادسة

٥٦ العلاقة

٦٦ عاصمة الأنفاس الأخيرة

Inhalt

7 Ein unbewohnter Raum

27 Der Zufluchtsort

39 Um sechs Uhr schimmert das Licht

57 Die Beziehung

67 Die Hauptstadt des letzten Atemzugs

104 Quellen

105 Über den Autor und sein Werk

غرفة مهجورة

أوقف يوسف حركة يديه فجأة، وأنصت. كان يسمع صوت الحذاء النسوي بوضوح، إذ يقرع الدرب الإسمنتي: ترِك - تراك، ترِك - تراك، وألقى من يده القفّاز المطاطي الذي كان يتلهّى بأن يضع أصابعه الخمس الصفراء بين فكي المقص ويضغط عليهما بحركة واحدة متدرجة، فتنبتر الأصابع. وكان قد وجد فردة القفّاز هذه في قعر صفيحة فارغة. وانحنى فجمع رؤوس الأصابع المقصوصة من الأرض ووضعها على المنضدة الحديدية بجانب القفّاز. تلاشى صوت الحذاء، وغطست الغرفة في الهدوء العميق الذي يلف مبنى المستشفى وقت النهار. ثمّة ذبابات تئز محبوسة بين زجاج النافذة والشبكة السلكية، والشمس رخوة تتدلى وتنتشر على ساحة الحديقة كطبقة من الجيلاتين الحار.

نظر من النافذة، فرأى روزيت تتحدّث مع الطبيب الإنكليزي الكهل الذي يحمل بين يديه كرّاسًا بأسماء المرضى. وتنحّى يوسف عن النافذة.

كانت السيارة التي تحملهم إلى المستشفى قد توقفت بهدوء أمام بيت روزيت، هذا الصباح، بعد أن نفر السائق على الزمّور مرة واحدة. وخرجت روزيت بعد لحظات، دافئة لا تزال من فراشها ومفعمة بشهوة صباح مشمس، واقتربت من السيارة ثم اِلتقت نظرتُها بنظرة يوسف الذي كان قابعًا خلف زجاج نافذة السيارة يرقبها باعتناء. منذ البارحة بدأ يجد صعوبة كبيرة في أن يواجه نظرة هذه الفتاة. وكان، طيلة

Ein unbewohnter Raum

Plötzlich stand Jusuf still, bewegte seine Hände nicht mehr und horchte: Er hörte genau auf das Geräusch des Frauenschuhs, der den Betonflur entlangschritt: »Trick – track, trick – track.« Er zog den Gummihandschuh, mit dem er vorher gespielt hatte, von seiner Hand. Er drückte die fünf gelben Finger zwischen die Schere und schnitt sie mit einer einzigen Bewegung einen nach dem anderen langsam ab. Er hatte diesen einzelnen Handschuh in einer leeren Tonne gefunden.

Er bückte sich, sammelte die abgeschnittenen Finger auf und legte sie auf den Metalltisch neben den Handschuhtorso. Das Geräusch der Schuhe verschwand allmählich, und das Zimmer versank in jener tiefen Stille, die das Krankenhaus am Tag umgab. Nur ein paar Fliegen summten eingesperrt zwischen dem Fensterglas und dem Fliegendraht herum. Die Sonne hing träge herab und breitete eine heiße Dunstglocke über den Garten. Er schaute aus dem Fenster und sah, wie Rosette mit dem alten, englischen Arzt sprach, der ein Heft mit dem Namen der Kranken in der Hand hielt. Dann entfernte er sich vom Fenster.

Heute Morgen hatte der Kleinbus, mit dem sie immer zur Arbeit ins Krankenhaus fuhren, sanft vor dem Haus von Rosette angehalten. Der Fahrer musste nur einmal klingeln, und schon erschien Rosette. Sie war noch warm vom Bett und voll der Sinnlichkeit eines sonnigen Morgens. Sie ging auf das Fahrzeug zu, und ihr Blick begegnete dem Blick von Jusuf; der saß hinter

فترة الصباح، ينتظر أن تفاجئه بنظرتها المقلقة. وقد انتهى من جولة العمل الأولى في قاعات المستشفى ثم أسرع فاختلى في هذه الغرفة. ولم يذهب إلى غرفة الجلوس، حيث تستريح الفتيات العاملات وعمال التنظيف. ظل في هذه الغرفة أكثر من عشر دقائق راقب خلالها كل شيء. كان فيها مقعد محطم ومنشار معلق بمسمار فوق مغسلة بيضاء يغطيها التراب، وكان جو الغرفة معتمًا والسقف الضارب إلى الاخضرار مشطورًا في الوسط من أثر المطر. وقد وجد فردة القفّاز ثم فتّش عن الفردة الأخرى، فلم يجدها. وأشعره ملمس المطاط بالغثيان حين حشر يده في داخل القفّاز الضيّق وبدت، وهي مفتوحة مبتورة الأصابع، كسرطان أبيض مقلوب خرج عن طوره في محاولة مستميتة للانتصاب على قوائمه الخمس. كانت أصابعه تشف من خلال المطاط الأصفر الرقيق بشعراتها السوداء التي لاحظ، لأول مرة، أنها تنتشر على شكل مجموعات متساوية فوق السلامية الأخيرة من كل أصبع، وأن إبهامه يتكون من سلاميتين فقط. أحسّ برغبة في الخروج. وكان قد حاول أن يفتح النافذة، لكنه وجد صعوبة في ذلك، وبدت محاولته هذه غريبة نوعًا ما حين أدرك أن النافذة مسمَّرة.

خرج ببطء إلى الحديقة التي تتخللها ممرّات ضيقة من الإسمنت. وانعطف حول هيكل الغرفة، فوجد روزيت أمامه مباشرة. ولم يكن بارزًا فيها غير عينيها السوداوين في هيكل من البياض: وجهها، وعنقها، وثوب العمل الأبيض الذي ترتديه. وقال بفضول:

- ما الذي تفعلينه هنا؟

فقالت:

der Autoscheibe und beobachtete sie genau.

Seit gestern bereitete es ihm große Schwierigkeiten, den Blikken dieser Frau standzuhalten. Den ganzen Vormittag hatte er darauf gewartet, ihren beunruhigenden Augen zu begegnen. Die erste Arbeitsrunde in den Räumen des Krankenhauses hatte er bereits beendet und war in dieses Zimmer geeilt, um allein zu sein. Er ging nicht in den Aufenthaltsraum, wo die Raumpfleger manchmal Pause machten, sondern blieb mehr als zehn Minuten in diesem Zimmer und schaute sich um. In der Dämmerung erkannte er einen zerbrochenen Stuhl und eine Säge, die über einer weißen, mit Staub bedeckten Spüle hing. Die grüne Decke war durch den Regen in der Mitte gerissen. In diesem Raum hatte er den Handschuh gefunden und vergeblich nach dem zweiten gesucht. Jetzt lag der Handschuh mit den abgeschnittenen Fingern da wie ein gelber Skorpion, der sein Gleichgewicht verloren hatte und auf den Rücken gekippt war und nun mühsam versuchte, sich wieder auf seine fünf Beine zu stellen. Beim Befühlen des Gummis überkam Jusuf ein Gefühl der Müdigkeit, und als er die Hand in den engen Handschuh steckte, wurde ihm übel. Seine Finger mit den schwarzen Haaren – er bemerkte zum ersten Mal, dass sie in gleichmäßigen Gruppen über die letzten Fingerglieder verteilt waren – schienen durch das dünne Gummi. Er wurde gewahr, dass sein Daumen nur aus zwei Fingergliedern bestand, und spürte, dass er hinausgehen musste. Er versuchte, das Fenster zu öffnen, doch es gelang ihm nicht. Dieser Versuch war umso merkwürdiger als er wußte, dass man das Fenster vernagelt hatte. Er ging langsam in den Garten, durch den schmale Betonwege führten, machte einen Bogen um das Zimmer und stieß direkt auf Rosette. Ihre schwarzen

- اِسمع. لنجلس في مكان ما. أريد أن أحدّثك قليلاً.

قال يوسف:

- أين؟

فقالت:

- في غرفة الجلوس، إنها خالية الآن.

فوافق بهدوء، وسار خلفها.

مشيتها، كان ذلك هو الذي نبّهه إليها حين جاءت لتعمل في المستشفى قبل سنة: مشيتها. كانت ساقاها ممتلئتين بيضاوين وفيهما تقوّس طفيف جدًا يعطيهما طابعًا جنسيًا غريبًا. وكان خصرها الضيّق الذي يتبعثر تحته مباشرة فخذان راسخان لهما حركة سرية مترجرجة وركبتاها اللتان تظهران من تحت الثوب بفعل حركة ردفيها الجانبية ذات الإيقاع الواحد، كل ذلك جعل يوسف لا يستطيع أن يتمالك نفسه. وذات مرة، بعد ليلتين مؤرقتين قضاهما بالتفكير والتمثيل ووضع الخطط والاستبشار السابق لأوانه بقصة حب ناجحة - حاول أن يكلمها. وبدا ذلك عسيرًا جدًا وهي إلى جانبه. فشل فشلاً ذريعًا حين حاول أن يحضنها فدفعته عنها بدهشة أولاً ثم باشمئزاز. وخرجت ولم تشجعه قط على الاقتراب منها بعد ذلك اليوم.

في كل صباح كانت السيارة الطويلة تقف أمام الباب الذي تعيش خلفه روزيت، وكان يوسف يعيش هذه اللحظة بخيال وافراط. كان يدفع بكتفه زجاج السيارة هائجًا حتى ليفكر بأنه سيسمع صوت تحطّم الزجاج في أية لحظة. وتخرج، فيلتهمها يوسف وتتحرك السيارة. كان يعرق في جوف العربة المصنوعة على هيئة قبر ذي عجلات، وهو يمر

Augen sprangen aus ihrer weißen Gestalt, dem Gesicht, dem Hals und dem weißen Arbeitskittel. Er fragte neugierig:

»Was machst du hier?«

Sie sagte:

»Hör zu, lass uns irgendwo anders hinsetzen. Ich möchte mal kurz mit dir reden.«

»Wo?«

»Im Aufenthaltsraum. Er ist gerade leer.«

Er war einverstanden und folgte ihr. Ihr Gang war es auch, der ihn auf sie aufmerksam gemacht hatte, als sie vor einem Jahr ihre Arbeit in dem Krankenhaus aufnahm. Ihre Beine waren hell und füllig; eine leichte Krümmung verlieh ihnen einen seltsamen sexuellen Reiz. Zwei feste Schenkel bewegten sich geheimnisvoll und schwankend unter der schmalen Taille, und die rhythmische Bewegung ihrer Hüfte entblößte die Knie unter dem Kleid. Das alles hatte Jusuf den Verstand geraubt. Nach zwei schlaflosen Nächten, in denen er Pläne schmiedete und sich voreilig eine glückliche Liebesgeschichte erhofft hatte, hatte er versucht, mit ihr zu reden. Schlimm war es gewesen, als sie schließlich neben ihm gesessen hatte und er bei dem Versuch gescheitert war, sie zu umarmen. Sie hatte ihn erst verwundert, dann widerwillig von sich gestoßen und war gegangen. Seit jenem Tag hat sie ihm keine Gelegenheit mehr gegeben, sich ihr zu nähern.

Jeden Morgen hielt also das lange Fahrzeug vor dem Haus, in dem Rosette wohnte, und Jusuf erlebte jenen Moment der Verwirrung und Aufregung. Er drückte seine Schulter so heftig gegen die Scheibe, dass er sich vorstellte, sie jeden Moment bersten zu hören. Dann kam Rosette gewöhnlich aus dem Haus,

خلال هذا كله، صباحًا بعد آخر. ثم يسترخي. كان ذلك شبيهًا بالحالة التي انتابته حينما ضاجع لأول مرة المرأة الوحيدة التي نام معها في حياته كلها، وكانت بغيًا مذعورة. وبعد شهور أيقن أنه يجب أن يفعل شيئًا ضروريًا وبدونه لن يحدث أي شيء البتة. ثم بدأ يقوم بفعل غريب. كان ينتظر في حرارة الصيف وفي الدبق ساعة كاملة أحيانًا، خلف نافذة الغرفة المهجورة التي لا يدخلها أحد. وتخرج روزيت فينتظر قليلاً ثم يتعقبها وهو شبه مذهول. دخلت مرة إلى دورة المياه فاقترب من الباب وقد أرهقته الدفقة الهائلة من السُكْر التي ملأت رأسه ورجليه الرخوتين. وانحنى، فوضع عينه على ثقب المفتاح.

كرر ذلك فيما بعد، ورفع رأسه، ذات مرة، عن الثقب فتسمّر في مكانه. كان مريضٌ عجوز يقف على مبعدة منه، يراقب بهدوء. وأجفل فاندفع خلف المبنى وأسرع إلى الغرفة المهجورة حيث وقف يرقب العجوز من خلف النافذة وهو يلهث. وطفق العجوز يتنزّه . كان في الأيام التالية يمر من بعيد فيرى العجوز مضطجعًا في سريره يتأمل المروحة البطيئة التي تشق هواء الغرفة المثقل بروائح الأدوية والبول والصابون. وفكر بأن يسمّمه لكنه فكر أيضًا بأنه مجرد ممرّض وشبه خادم، فأزاح الفكرة إلى جانب. وأكد لنفسه فيما بعد أن الرجل العجوز شخص شبه مجنون من تأثير المرض، أو أنه يعيش في غيبوبة. ولعله كان غائبًا عن الوعي حين رآه. وربما لم يره قط.

على أن كل شيء سقط من موضعه وامتلأ يوسف يأسًا وغيظًا حين ظهر هذا الشاب، في أحد أيام الخريف الماضي، ورآه يوسف يتحدّث معروزيت. ظهر في المرة الثانية في موعد دخول الزوار، وولج مع

und Jusuf verschlang sie mit Blicken. Das Auto fuhr davon, ein Sarg auf Rädern, in dem Jusuf Morgen für Morgen vor Aufregung schwitzte. Danach entspannte er sich. So ähnlich war es ihm ergangen, als er zum ersten und einzigen Mal in seinem Leben mit einer Frau, einer ängstlichen Hure, geschlafen hatte.

Nach Monaten begriff er schließlich, dass er etwas unternehmen musste, damit überhaupt etwas geschah. Und er tat merkwürdige Dinge. In jenem heißen Sommer, wo einem alles am Leibe klebte, hatte er manchmal eine ganze Stunde lang hinter dem Fenster des verlassenen Zimmers, das niemand betrat, gewartet. Jetzt kam Rosette vorbei; er wartete noch ein wenig und folgte ihr dann wie benommen. Sie ging zur Toilette, und er ging zur Tür, und der große Rausch in seinem Kopf ermüdete ihn plötzlich, so dass seine Beine weich wurden; er sackte in die Knie und schaute durch das Schlüsselloch. Das wiederholte er von nun an mehrmals. Als er einmal den Kopf von dem Loch hob, erstarrte er: Aus sicherer Entfernung beobachtete ihn ruhig ein alter, kranker Mann. Erschrocken verschwand Jusuf hinter dem Gebäude und ging schnell in das verlassene Zimmer, stellte sich ans Fenster und blickte keuchend dem Mann hinterher, der seinen Spaziergang fortsetzte. An den folgenden Tagen beobachtete er den alten Mann von weitem. Er sah ihn in seinem Bett liegen, den sich langsam drehenden Ventilator betrachtend, der die Luft des Zimmers durchschnitt, die voller Medikamenten-, Urin- und Seifengerüche stand. Einmal kam ihm die Idee, ihn zu vergiften, aber er verwarf den Gedanken, der einem Krankenpfleger und damit einem Diener nicht zustand. Er überzeugte sich, dass der alte Mann von den Medikamenten halb verrückt sein müsse oder in geistiger Umnachtung

روزيت احدى الغرف الخلفية. غادر الزوار جميعًا، ولم يره يوسف يخرج، فبدأ يشعر بأنه في موقف تافه: كان قد اصفرّ وبدأت أصابعه ترتعش قليلاً، ورأى ذلك بوضوح حينما أراد أن يدخن سيجارة. واستُدعي إلى العمل فلم يعلم متى خرج الشاب. وأخذ هذا يأتي بين يوم وآخر.

وخلال شهور الشتاء الأولى هذه بات أكثر الممرّضين والفتيات والممرّضات أنفسهن على علم بالعلاقة. حاول يوسف ذات مرة أن يقبّل خادمة كانت وحيدة معه في الغرفة، وكانت أرملة شابة لها صبي واحد غالبًا ما تستصحبه معها. وأخذ يهذي لها بأنه سيتزوجها، محاولاً أثناء كلامه أن يعانقها. كانت الأرملة مذعورة تترك له صدرها وقد تسمّرت عيناها في الباب. ثم كفّ عن محاولاته اليائسة حين أجفلت منه إذ رأته يرتعش شاحبًا ويهتز بتشنّج. قالت باضطراب وهي تصلح من شأنها:

- ماذا ... حدث؟

فلم يجب، وظلّ يحدّق في أصابع يديها وهي تزرّر من جديد مكان النهدين. وبقي في الأيام التالية يتجوّل منفردًا. كان قد اكتفى بتلك العملية الصغيرة التي يمارسها مع روزيت في كل صباح: انتظاره المبهظ، وضغطه على زجاج السيارة بغتة، والتهام ذلك الجسد الأبيض الخارج إلى الصباح حاملاً معه روائح فراش دافئ، ثم الهدوء واللامبالاة والمضي في العمل القذر ببلادة وعدم الشعور بالزمن والسقوط في زاوية مشوشة من التفكير الحيواني ممتزجًا بأحلام غير واقعية عن نساء شبقات يحطن به ويستسلمن له، وروزيت الراكعة، عاريةً، في غرفة لا تضم غيره وغيرها.

lebte. Vielleicht war er gar nicht voll bei Sinnen gewesen, als er ihn gesehen hatte, oder vielleicht hatte er ihn auch gar nicht gesehen.

Alles war ungünstig verlaufen. Wut und Zweifel befielen Jusuf an jenem Herbsttag, als der junge Mann erschien. Jusuf sah, wie er mit Rosette sprach. Beim zweiten Mal kam er während der Besuchszeit, ging mit Rosette in ein Hinterzimmer und kam auch dann noch nicht heraus, als die Besucher schon längst gegangen waren. Jusuf fühlte sich fehl am Platz. Er wurde blass und spürte, wie seine Finger leicht zu zittern begannen, als er eine Zigarette rauchen wollte. Dann machte er sich wieder an seine Arbeit und konnte daher nicht feststellen, wann der junge Mann gegangen war. Der aber kam von nun an immer wieder.

In den ersten Wintermonaten erfuhren viele der Pfleger und Schwestern von dieser Beziehung. Einmal versuchte Jusuf eine Raumpflegerin, die allein mit ihm im Zimmer war, zu küssen. Es war eine frisch verwitwete Frau, die einen Sohn hatte, den sie meistens mit zur Arbeit nahm. Jusuf erzählte ihr, dass er sie heiraten wolle und versuchte dabei, sie zu umarmen. Die Witwe bekam es mit der Angst zu tun; zwar ließ sie ihn an ihre Brüste, hielt die Augen aber auf die Tür gerichtet. Sie erschrak vor seiner Blässe, seinen zitternden, krampfhaften Bewegungen, und er gab seine verzweifelten Versuche auf. Sie zog ihr Kleid zurecht und meinte ängstlich:

»Was ist los?«

Er antwortete nicht.

Er schaute nur ihre Hände an und wie sie sich über der Brust zuknöpfte.

In den nächsten Tagen lief er allein herum. Er hatte sich mit

وقالت بلطف:

- لماذا فعلت ذلك؟

فقال دون أن ينظر إليها:

- ماذا تقصدين؟

قالت بفتور:

- تعرف ما أقصده جيّدًا.

قال:

- إنني لست أفهم.

فواجهته لأول مرة.

- اسمع أرجوك أن لا تكذب. إنك أنت الذي أخبر الشرطي، أليس كذلك؟

قال يوسف:

- أي شرطي؟

وتظاهر بالبله. لكنه في دخيلته كان مسرورًا بعض الشيء، وبغموض، من كل ما يجري. من استجدائها له ومحاولتها استشفاف الحقيقة من كلامه المماطل. فليستمر، إذن. وهز رأسه. صمتت، ثم بدأت الدموع فجأة تتسرّب من احدى عينيها وترطب خدها. قال بصعوبة:

- إنني لا أكذب صدّقيني.

فقالت وهي تبكي بكاءً شديدًا:

- إنك تكذب. ولا أدري ما الذي، ما الذي ...

وأجهشت. ثم أكملت:

- ما الذي تريده مني، أريد فقط أن أعرف هذا.

der kleinen Abwechslung abgefunden, die er jeden Tag durch Rosette erhielt: Sein drängendes Warten, der plötzliche Druck gegen die Autoscheibe und das Verschlingen dieses hellen Körpers, der in den Morgen verschwand und mit ihm der Duft eines warmen Bettes. Danach die Stille, die Gleichgültigkeit, die gefühllose Verrichtung einer schmutzigen Arbeit, das Gefühl der Zeitlosigkeit und das Fallen in eine verwirrende Ecke aus tierischen Gedanken sowie unrealistischen Träumen von geilen Frauen, die sich ihm hingaben, dann von Rosette, die nackt in einem Zimmer kniete, in dem nur sie beide sich befanden.

Sie fragte freundlich:

»Warum hast du das gemacht?«

Er sagte, ohne sie anzuschauen:

»Was meinst du?«

Sie antwortete mit weicher Stimme:

»Du weißt, was ich meine!«

Er sagte:

»Ich verstehe nicht.«

Sie entgegnete ihm, zum ersten Mal:

»Hör zu! Ich bitte dich, nicht zu lügen. Du warst es, der den Polizisten benachrichtigt hat. Stimmt's?«

Jusuf fragte:

»Welchen Polizisten?«

Er stellte sich dumm, innerlich aus unerfindlichen Gründen ein wenig froh über das, was geschah: ihr Betteln, ihre Versuche, aus seinen zögernden Worten die Wahrheit herauszufinden. So musste er also weiter machen. Er schüttelte den Kopf. Sie schwieg, und plötzlich brachen Tränen aus einem Auge und flossen über ihre Wange.

ومسحت وجهها بمنديل أنيق لفت انتباهه.

- ثم ألم تخجل؟ إن أحدًا لا يفعل هذا، إلاّ إذا كان سافلاً. ماذا فعلت لك؟ هل لأنني صددتك في تلك المرة؟ ولكنني.

وضمّت شفتيها بقسوة على أسنانها، وكادت تختنق وهي تضع يدها على عينها اليسرى.

- إنني فقيرة و.

فقال يوسف بصوت أجش:

- أنا أيضًا فقير.

- وأعرف جيدًا أنك لا أنت ولا غيرك سيتزوجني، طالما كانت هذه ...

وضغطت بيدها على عينها الصناعية. فقال يوسف:

أرجوك لا تبكي. قد يأتي أحد ما.

وترك لها دقيقة تبكي فيها جيّدًا. كان قد أحس برغبة شديدة في الاتكاء على كتفها، حين رأى كيف يميل عنقها الجميل على صدرها فيبرز البياض الدافئ الذي تحت الشعر. ونهض فجأة. قال معترفًا:

- اسمعي، لقد كنت أنا.

وإذ لم تأبه له، قال بتهوّر:

- إنني أكرهه لذا لم أستطيع أن أتحمل أكثر من ذلك.

فقالت بصوت معول دون أن ترفع رأسها:

- ولكن ماذا فعل لك؟ ماذا فعلت أنا؟

وأضاف يوسف:

- وعلى كل، فإنني لست بقوّاد.

وانتظر. كانت قد جمدت، خافضة الرأس، وسط محاولة لتجفيف

Gequält meinte er: »Glaub mir.«

Sie weinte bitter und sagte:

»Du lügst, und ich weiß nicht, was, was ...«, schluchzte sie und fuhr fort: »... was du von mir willst, nur das möchte ich wissen.«

Sie wischte sich das Gesicht mit einem eleganten Tuch ab, das ihn in seinen Bann zog.

»Schämst du dich nicht? Niemand tut so etwas, außer jemand ganz Niederträchtiges. Was habe ich dir denn getan? Nur weil ich dich einmal abgewiesen habe? Aber ich bin ...«

Sie biss sich auf die Lippen, und stammelte mit erstickter Stimme, während sie die Hand auf ihr linkes Auge legte:

»Ich bin arm und ...«

Da sagte Jusuf:

»Ich bin auch arm!«

»Und ich weiß genau, dass weder du noch sonst jemand mich heiraten wird, solange das hier existiert«, und sie drückte auf ihr künstliches Auge.

»Ich bitte dich, weine nicht. Vielleicht kommt jemand«, sagte Jusuf.

Er ließ sie sich eine Minute ausweinen. Ihr schöner Hals wölbte sich über ihre Brust, und unter ihrem Haar erstrahlte ein warmes Weiß. Er spürte das dringende Bedürfnis, sich an ihre Schulter zu lehnen. Dann erhob er sich plötzlich, und er gestand:

»Hör zu, ich war es.«

Als sie ihn nicht beachtete, sagte er unüberlegt:

»Ich hasse ihn. Deshalb konnte ich es nicht mehr ertragen.«

Ohne den Kopf zu heben, fragte sie mit fester Stimme:

قاعدة خدها. ثم قال وهو يحس بأنه مذنب وبأن شيئًا آخر كان يجب أن يحدث بدل كل هذا.

- لماذا لم يكن يخرج كسائر الزوار؟ وإذا أردت أن تقابليه في أي مكان آخر فماذا يهمني، حقًا. افعلي ما تشائين. ولكنني، في وجوده هنا، لا أستطيع القيام بأي عمل.

رفعت رأسها باستنكار. فقال مغتاظًا:

- نعم، لا أستطيع. لذلك أخبرت الشرطي. قلت له إن أحد الزوار قد تخلّف. فجاء وطرده. وسوف ينتظر خروجه منذ الآن، طالما هو قد عرف، مع بقية الزوار. وإذا لم يفعل ...

كانت تراه بعينين واسعتين. وعلى أنفها قطرة دمع دافئ؛ فمها المنفرج، وصدرها المضيَّق عليه بسبب الثوب المشدود، كانت تثيره جنسيًا بشكل غير مفهوم.

قالت بعد أن مسحت وجهها:

- إذن، أيها القذر. إنك ...

وأعماها حقد شاذ، واشتبكت أسنانها بكلماتها فاختنقت وأجهشت تبكي بكاءً عميقًا. لاحظ بياض عنقها مرة أخرى. ثم وإذ كان يفكر بنفسه وقد أرضاها لا يدري بأية وسيلة أو بأي شيء، وتعانقا فاتكأ أخيرًا على كتفها وبدأ يقبّل عنقها بهدوء - إذ كان يفكر هكذا، نهضت الفتاة فجأة وصفعته بوحشية ثم خرجت بسرعة وتلاشت. بقي واقفًا في الغرفة، وحده، يصغي باستغراق للرنين الذي يطنّ في أذنيه.

* * *

»Aber was hat er dir denn getan? Was habe ich dir denn getan?«

Jusuf fuhr fort:

»Auf jeden Fall bin ich kein Zuhälter.«

Er wartete. Sie erstarrte, den Kopf nach unten gebeugt. Sie versuchte, ihre Wangen zu trocknen. Er fühlte sich schuldig. Es hätte alles anders verlaufen müssen. Er sagte:

»Warum ist er nicht wie alle anderen Besucher weggegangen? Wenn du ihn irgendwo sonst getroffen hättest, wäre es nicht meine Sache gewesen. Mach, was du willst, aber ich kann in seiner Anwesenheit nicht arbeiten.«

Sie hob missbilligend den Kopf, und er meinte wütend:

»Ja, ich kann einfach nicht! Deshalb habe ich den Polizisten benachrichtigt und ihm gesagt, dass ein Besucher übriggeblieben ist. Er ist gekommen und hat ihn hinausgeworfen. Und von nun an wartet er, bis aller Besuch gegangen ist, denn er kennt ihn jetzt, und wenn er nicht geht ...«

Sie schaute ihn aus geweiteten Augen an, ihre Nase tropfte. Warme Tränen, ein weit geöffneter Mund und ein vom Kleid eng zusammengedrückter Busen erregten unbegreiflicherweise sein sexuelles Verlangen. Sie schluchzte, nachdem sie ihr Gesicht abgewischt hatte:

»Du Dreckskerl! Du warst es also!«

Sie war blind vor Hass und glaubte, an ihren Worten zu ersticken. Dann brach sie in Tränen aus. Er spürte wieder die Helligkeit ihres Halses. Nachdenklich geworden, versuchte er, sie zu beruhigen. Sie umarmten sich, und er lehnte sich an ihre Schulter und begann, vorsichtig ihren Hals zu küssen. Das war es, was er sich immer erträumt hatte. Plötzlich stand sie auf,

حين دخل المنزل، كان أبوه يطبخ العشاء. ثم فرغ من ذلك وبدأ يمسح أرضيّة المطبخ بهمّة شديدة. وبدّل يوسف ثيابه بأناة، ثم جلس يراقب أباه. كان المطبخ دافئًا فكانا يقضيان وقتهما فيه: يأكلان ويتحدّثان ويسمعان الراديو. قال يوسف:

- ماذا طبخت اليوم؟

فأجابه أبوه وهو يلهث:

- فاصوليا. ثم هناك الفاكهة. ولبن أيضًا.

قال يوسف بضجر ساخر:

- أطبخ شيئًا آخر غير الفاصوليا.

فتساءل أبوه وقد كفّ عن عملية المسح:

- ماذا مثلاً؟

ففكر يوسف، ثم قال:

- لا شيء.

وفتح الراديو. انتهى الأب، فجلس يدخّن سيجارة بانتعاش. وأخذ يسأله عن الأغاني باهتمام. ثم أصغيا إلى نشرة الأخبار في غشاوة من الصمت. بقيا يتأملان السقف وأحيانًا الأثاث العتيق. ثم استفسر الأب قائلاً:

- من هذا الذي يغنّي؟

فأجاب يوسف بوجوم:

- إنه عبد الوهاب.

قال أبوه باستغراب:

- ولكن هذه إذاعة بغداد؟

gab ihm eine schallende Ohrfeige und verschwand schnellen Schrittes. Er blieb allein im Zimmer zurück und horchte intensiv auf den Nachhall in seinem Ohr.

* * *

Als er das Haus betrat, bereitete sein Vater gerade das Abendessen zu. Danach wischte er gründlich den Küchenboden. Jusuf zog sich um, setzte sich und beobachtete den Vater. Die Küche war warm. Hier verbrachten die beiden die meiste Zeit, aßen, unterhielten sich und hörten Radio.

Jusuf fragte:

»Was hast du heute gekocht?«

Der Vater antwortete außer Atem:

»Bohnen. Es gibt aber auch Obst und Joghurt.«

»Koch doch mal etwas anderes als Bohnen!«, meinte Jusuf mit ärgerlicher Ironie.

Der Vater hörte auf zu wischen und fragte:

»Was denn?«

Jusuf überlegte und sagte:

»Nichts.«

Er schaltete das Radio ein. Der Vater beendete die Arbeit, setzte sich und rauchte genussvoll eine Zigarette. Er fragte interessiert nach den Liedern, die im Radion zu hören waren. Dann lauschten sie gemeinsam den Nachrichten. Danach betrachteten sie die Decke und manchmal auch die Möbel, die unberührt und bewegungslos dastanden. Der Vater erkundigte sich:

»Wer ist denn das, der da singt?«

فأجاب قانطًا:

- بالطبع.

قال الأب:

- وهو لا يعيش في بغداد، كما أعلم ... وإذن؟

فنظر يوسف إليه ببطء. تأكد لديه، للحظة، شيءٌ غريبٌ: كان أبوه يفكر بأن أي مغنٍ في أية إذاعة يغنّي شخصيًا في كل مرة، أي أنه موجود دائمًا تحت الطلب. ولم يخطر بباله أن الأغاني مسجّلة على اسطوانات أو أشرطة أو أي شيء آخر.

وضحك، فرأى أباه يضحك باستمتاع هادئ. ثم لم يستطع أن يحتمل أكثر، فأخذ يعوي بالضحك، مما أقلق والده فسأله وهو يضحك بتردّد وانزعاج:

- حسنًا، ماذا دهاك؟

حين اضطجع يوسف في فراشه البارد كانت صورة روزيت تأخذ وجوده برمّته. ونظر في عينيها وشاركها حزنها وأفكارها وكراهيتها الجميلة له وغثيانها من حضوره. ثم رآها تخلع ثيابها ويقترب منها خلسة ليحتضنها من الوراء، وتمتدُّ يدها إلى عينها وهي تضحك باغتباط، ثم تعيدها إلى المنضدة وفي قبضتها العين الصناعية الجامدة. وفجأة تستدير إليه وهي تضحك بخلاعة وأحد محجريها فارغ، عارٍ كردهة مضاءة.

»Das ist Abdel Wahab«, antwortete Jusuf ernst.

Der Vater sagte verwundert:

»Aber das ist doch Radio Bagdad?«

»Ja klar«, entgegnete Jusuf resigniert.

»Aber so viel ich weiß, lebt der doch gar nicht in Bagdad«, wandte der Vater ein. »Wie geht denn das?«

Jusuf schaute ihn prüfend an und machte eine merkwürdige Entdeckung. Sein Vater dachte, dass jeder Sänger, in welchem Radiosender auch immer, dort anwesend sei und *live* singe. Dass die Lieder auf Schallplatten und Tonbändern konserviert waren, konnte er sich nicht vorstellen.

Jusuf lachte und sah, wie auch sein Vater in stillem Vergnügen lachte. Da gingen ihm die Nerven durch, und er brach in bellendes Gelächter aus. Beunruhigt fragte der Vater halb lachend, halb verärgert:

»Was ist los mit dir?«

Als Jusuf in seinem kalten Bett lag, nahm ihn die Erscheinung von Rosette völlig gefangen. Er blickte in ihre Augen und nahm an ihrer Trauer, ihren Gedanken, ihrem schönen Hass auf ihn und an ihrem Ekel vor seiner Anwesenheit teil. Dann sah er, wie sie sich die Kleider auszog. Er näherte sich ihr unbemerkt, um sie von hinten zu umarmen. Sie hob die Hand zu dem Auge und legte es auf den Tisch. Plötzlich drehte sie sich zu ihm um und lachte hemmungslos. Eine Augenhöhle war leer, nackt wie ein beleuchteter, unbewohnter Raum.

الملجأ

حين بلغت الجسر، نزلت عن دراجتي وانحدرت في سيري على حافة الأرض العالية وأنا أحمل الدراجة في ذراعي حتى استقرت قدماي على حديد السكة. وامتطيت دراجتي، ثم انطلقت بها محاذيًا للسكة التي لا نهاية لها. كان يسبقني ظل طويل جدًا يشتبك في أسفله بظل الدراجة، وكان أسود اللون يمتد على الأرض كحيوان خرافي. كنت قد قرّرت نهائيًا. وكانت عبارةٌ قديمة لأناتول فرانس قرأتها في مجلة مدرسية لا تزال تلازمني: «الحياة ثلاثة أشياء: ولادة، ألم، موت». كنت لا أريد إلاّ أن أطفر فوق الشيء الثاني.

مررت بطاحونة مهجورة تحيط بها بركة من مياه المطر الآسنة، كانت فيها جموع كثيفة من الضفادع الخضراء تنق ببرود للفضاء الخالي من البشر. كنت أعلم جيدًا أنه ما من أحد يرتاد هذه المناطق إلاّ نادرًا. استغرقت نصف ساعة حتى بلغت المكان.

كان محجراً قديماً، يبدو أن العمال اشتغلوا فيه مدة من الزمن ثم هجروه. ارتقيت، وقد أمسكت بدراجتي ثانية، حافة الأرض الشبيهة بتلّ خفيض. لم يكن بالقرب من المكان غير محطة صغيرة تُضَخُّ منها المياه للقرى المجاورة.

كان في داخلي شيء مريض، بشع يدفعني إلى الإجهاز بكل سهولة على أية فكرة تتعلق بالعودة. كنت بعيدًا عن المدينة بمسافة ساعة،

Der Zufluchtsort

Als ich die Brücke erreichte, stieg ich von meinem Fahrrad, und schob es abwärts bis zu den Schinen. Dann fuhr ich an den schier endlos erscheinenden Schienen entlang. Vor mir lief ein großer Schatten, der manchmal den Schatten des Fahrrads überdeckte. Er war schwarz und dehnte sich wie ein Fabeltier aus. Ich hatte mich endgültig entschieden, und der Satz von Anatol France begleitete mich ständig: »Das Leben besteht aus drei Dingen: Geburt, Schmerz und Tod.« Ich wollte bloß das zweite überspringen.

Ich fuhr an einer verlassenen Mühle vorbei, die von einer Lache aus brackigem Regenwasser umgeben war. Viele grüne Frösche quakten in der menschenleeren Gegend leise vor sich hin. Ich wußte genau, dass sich kaum jemand in diese Gegend verirrte. Eine halbe Stunde hatte ich gebraucht, um diesen Ort zu erreichen.

Es war ein alter Steinbruch, der den Eindruck machte, als hätten Arbeiter hier eine Zeit lang gearbeitet und ihn dann verlassen. Ich nahm mein Fahrrad wieder in die Hand und kletterte auf den Damm, der wie ein flacher Hügel aussah. In der Nähe befand sich nur eine kleine Wasserstation, die das Wasser in die umliegenden Dörfer pumpte.

In mir gab es etwas Krankes, Hässliches, das mich dazu drängte, jeden Gedanken an Rückkehr zu vernichten. Ich war nur eine Stunde von der Stadt entfernt. Hinten am Fahrrad be-

وكان هذا كافيًا. أخرجت الحديدة الصغيرة التي اخترتها من بين الأدوات الأخرى التي تضمها الحقيبة الجلدية المربوطة خلف الدراجة. ولم أخلع سترتي. كنت أريد الاحتفاظ بثيابي كاملة.

كان ملجأ صغيرًا جدًا يسع شخصًا واحدًا فقط، وقد بنيتُه بأن كوّمت الصخور واحدة فوق أخرى، ملائمًا بينها، دون أن يصلها ببعضها البعض شيء. ثلاثة جدران، وتكفي دفعة من قدم كلب لينهار كل شيء. ولن تنهار الجدران وحدها، إنما سيتدفّق فوقها شلال صلب من الصخور التي تعلو الجدران مباشرة، مكومة فوق بعضها وكنت أخمّن أنها قد قطعت وكوّمت من قبل العمال ثم أهملوها لسبب ما. واليوم كانت اللمسة الأخيرة تنتظر أن توضع في مكانها. ودخلت بحذر ثم وضعت الحديدة بين صخرتين، وكان عملها شبيهًا بعمل مفتاح مدمّر. فهي إن حُرِّكت نحو الأسفل، وذلك بالضغط عليها، تخرج الصخرة التي فوقها من مكانها، ويختلّ كل شيء فتنهار الكومة التي في الأعلى كعالم مخبول يسقط. والتقطت بقايا الفاكهة التي كنت آكلها في الملجأ وأنا أشتغل في الأيام الماضية، وعظام السمكة التي أكلتها هنا أيضًا، طيلة ساعات قضيتها في استخراج الأشواك من داخل اللحم الأبيض. وقد نجحت بذلك في قتل يومٍ كامل خالٍ من الضجر. وحملت هذه الأشياء بيدي الاثنتين وإذ أردت أن ألقي بها خارجًا، رأيت رجلاً طويلاً يملأ المدخل وينحني برأسه إلى الداخل. حاذرت أن أتحرك داخل الملجأ وقلت للرجل:

- ماذا تريد؟

كان يراقبني بحذر. وفجأة قال:

- ماذا تفعل هنا يا ولدي؟

fand sich eine Ledertasche. Sie enthielt viele Dinge, von denen ich das kleine Eisenstück hervorholte. Ich zog meine Jacke nicht aus. Ich wollte meine Kleidung vollständig anhaben.

Es war ein kleiner Zufluchtsort. Er bot nur einer einzigen Person Platz. Ich hatte ihn errichtet, indem ich Steine aufeinandersetzt hatte. Ich hatte mich bemüht, dass sie aufeinander passten, ohne fest miteinander verbunden zu sein. Es gab drei Wände, und es brauchte nur den leichten Stoß eines Hundes, um alles einstürzen zu lassen. Nicht nur die Wände würden einstürzen, sondern eine ganze Flut von Steinen würde niedergehen, die sich direkt über den Wänden auftürmten. Ich vermutete, dass die Arbeiter die Steine herausgebrochen, aufgehäuft und dann einfach liegengelassen hatten. Heute sollte letzte Hand an diesen Bau gelegt werden.

Ich ging vorsichtig hinein und steckte das Eisenstück zwischen zwei Steine. Es hatte die Aufgabe, wie ein zerstörerischer Hebel zu wirken. Drückte man es hinunter, so ging sein vorderer Teil nach oben und bewegte den Stein, der über ihm lag. Alles würde aus dem Gleichgewicht geraten und der Haufen von Steinen würde wie eine verrückte Welt in sich zusammenstürzen.

Ich sammelte Obstabfälle und Fischgräten auf, Reste von Speisen, die ich in dieser Zufluchtsstätte gegessen hatte, als ich die letzten Tage hier gearbeitet hatte. Ich hatte Stunden damit verbracht, die spitzen Gräten aus dem weißen Fleisch zu ziehen. So schlug ich einen ganzen Tag tot, ohne mich zu langweilen. All diese Dinge nahm ich jetzt und wollte sie nach draußen werfen. Da sah ich einen großen Mann den Eingang versperren und sich bücken, um hereinzukommen. Ich versuchte, mich hier

فلم أجبه، وخرجت إليه ببطء. طرحت رؤوس الفاكهة وبقايا السمكة من يدي، وقلت له بهدوء:

- لا شيء، إنني أتسلّى.

- في هذا المكان؟ وأشار برأسه: وهل بنيت كل هذا للتسلية؟

كان يبتسم متأملاً. وحاول أن يلمس الجدار، فصرخت به:

- حذار!

قال متسائلاً:

- لماذا؟

فأبعدته قليلاً وأنا أقول:

- سيسقط فهو ضعيف البناء. مجرد أحجار، كما ترى. ولكن من أنت؟

فقال وعيناه تشردان بعيدًا عني:

- إنني حارس محطة المياه. هي قريبة، تستطيع أن تراها من هنا.

قلت بفظاظة:

- ولكن ما الذي تفعله هنا. إنك بعيد جدًا عن محطتك. أليس كذلك؟

كان جلده جاف الملمس، خشنًا. وكان له شارب كثيف. خمّنتُ أنه في الأربعين، ولكن يشماغه الباهت اللون لم يكن يسمح لي برؤية شعره. وإذ كنت أنظر إليه، خيّل لي أن أحلامًا غريبة وحشية تمر أمام عينّي المفتوحتين.

دخل الملجأ، فتركته يفعل ذلك. وكان يحني جسمه الطويل وأطرافه العملاقة بحذر لئلا يمسّ الجدار أو السقف - الذي كان عبارة عن قطعة كبيرة من الصفيح مثقلة بصخور عرضة للانهيار في أية لحظة.

drinnen vorsichtig zu bewegen und fragte den Mann:

»Was hast du hier zu suchen?«

Der sagte plötzlich, als habe er mich vorher ganz heimlich beobachtet:

»Was machst du hier, mein Kind?«

Ich antwortete ihm nicht und ging langsam und vorsichtig nach draußen, warf die Fischreste und die Obstabfälle fort und sagte:

»Nichts. Ich spiele nur.«

»An diesem Ort?«, und er deutete mit dem Kopf um sich.

»Hast du das alles gebaut, um zu spielen?«

Er sah mich lächelnd an und versuchte, die Wand zu berühren. Da schrie ich:

»Vorsicht!«

Er fragte:

»Warum?«

Ich zog ihn ein wenig zu Seite und erklärte:

»Es wird einstürzen. Es ist instabil, es sind einfach nur Steine, wie du siehst. Aber wer bist du eigentlich?«

Er sagte, seine Augen in die Ferne gerichtet:

»Ich bin der Wächter dieser Wasserstation. Sie ist nicht weit entfernt, du kannst sie von hier aus sehen.«

Ich meinte unwirsch:

»Aber was machst du hier? Du hast dich von deiner Station sehr weit entfernt, oder?«

Seine Haut war trocken und rau, und er trug einen dichten Schnurrbart. Ich schätzte ihn auf etwa vierzig Jahre; ein ausgeblichenes Kopftuch bedeckte seine Haare, die ich daher nicht sehen konnte. Als ich ihn anschaute, sah ich merkwürdige,

قال بصوت عالٍ:

- إن عشّك دافئ جدًا. جميل.

وغشت عينيه سعادة طاغية، فبدأتُ أرتجفُ. كان منظره غريبًا وهو في نهاية الكهف الذي كان نور الشمس الشاحب يتخلّل الفجوات التي بين صخوره، ويسقط ميتًا على ظهر الرجل.

قال فجأة دون أن ينظر لي:

- لماذا بنيته؟

فقلت بغضب:

- لأموت فيه.

رفع عينيه إلي. كانتا فارغتين. وبدأ يضحك ضحكة سعيدة طويلة. ثم قال لي بخشونة:

- يا بني، عد إلى مدينتك.

فقلت بهدوء:

- إن هذا مكان مشاع. بريّة. ثم إنك حارس محطة للمياه، ولا علاقة لك بهذا المكان قط.

قال الرجل بلهجة أبوية:

- أخبرني لماذا تريد أن تموت، وسآخذ على عاتقي تنفيذ رغبتك، صدّقني يا ولدي. وإن شئت، وضعتُ نفسي في مكانك. ماذا تقول؟

استمر ينظر إلي، محاولاً أن يجعل عينيه تلتقيان بعيني. ثم قال وهو يشعل سيجارة ويتنهّد فيزفر موجة من دخان التبغ:

- وإن شئتَ، ذهبتُ. ولكن يعجبني أن أجلس هنا بعض الوقت.

شعرت بغضب عنيف، وحاولت أن أهدئ نفسي. كان الرجل الطويل

wilde Phantasien vor meinen Augen ablaufen.

Er betrat den Zufluchtsort, und ich hinderte ihn nicht daran. Er beugte vorsichtig seinen großen Körper, um die Wand und die Decke nicht zu berühren. Die Decke bestand aus einem großen Wellblech, das mit Steinen beschwert war, die jeden Moment herunterfallen konnten. Er sagte laut:

»Dein Nest ist sehr behaglich und schön.«

In seinen Augen erschien eine große Freude. Ich begann zu zittern. Er sah merkwürdig aus am Ende dieser Höhle. Die blassen Sonnenstrahlen sickerten zwischen den Ritzen der Steine hindurch und fielen tot auf den Rücken des Mannes. Plötzlich fragte er, ohne mich dabei anzusehen:

»Warum hast du das gebaut?«

Ich antwortete zornig:

»Um zu sterben!«

Er schaute mich an. Seine Augen waren leer. Er lachte und amüsierte sich dabei. Dann meinte er unvermittelt mit ernster Stimme:

»Mein Kind, kehre in deine Stadt zurück!«

Da entgegnete ich ruhig:

»Diese Steppe hier gehört der Allgemeinheit. Und du bist der Wächter der Wasserstation. Du hast an diesem Ort nichts zu tun!«

In väterlichem Ton fragte der Mann:

»Sag mir, warum möchtest du sterben? Ich werde dir deinen Wunsch erfüllen, glaub mir, mein Kind. Wenn du möchtest, werde ich an deine Stelle treten, was meinst du dazu?«

Er schaute mich weiter an und bemühte sich, mir in die Augen zu sehen. Er zündete sich eine Zigarette an, nahm einen

هادئًا في مكانه، يدخّن بصمت. وبدا لي أنه مخلوق دنيء. فقد كان في مشاكسته لي شيءٌ أعمى كالطرب الساديّ.

وقال:

- كنت تأكل كما لاحظت، فهل تأتي إلى هنا لتأكل؟ إن ذلك العراء (وأشار بيده) جميل. وهذا الفصل هو الربيع كما أظن. وانتظر. ألا تكلّمني؟ كما تشاء، ولكن لماذا ترفض أن تخبرني بسبب مجيئك إلى هنا؟

قلت وأنا أبتسم له معترفًا:

- جئت لأنتحر.

ظلت يده معلقة في الهواء، كانت يدًا قوية، يدًا متسلّخة الجلد لرجل عمل طيلة حياته كحيوان، رجل خبرَ الألم جيّدًا. وحدّقت في عينيه بإمعان، واقتربت من فوهة الكهف وأنا ألهث، ثم مددت يدي وهويت بها في عنف على الحديدة الصغيرة. رأيت عينيه للمرة الأخيرة وأنا أنسلّ إلى الخلف بسرعة، ثم هبط جانبٌ من السقف على كتفه، وحاول مذعورًا أن يندفع ناحية المدخل ولكن الجدران انخسفت عليه، ثم بدأت دمدمة غامضة تصدر عن كومة الصخور التي في الأعلى. كان انهيار كبير يتدفق من الأعلى، ويستقر على الكومة الأصلية التي بدأت تكبر أمامي، وتحتها الحارس. امتلأتُ بدفقة باردة من الكآبة، كأنني نزفت كمية كبيرة من الدم. ورأيت، في النور القليل الذي كان ينحدر من الشمس، بقعة صغيرة من رأسه. كان شعره أبيض. ومددت يدي فأنهضت بها الدراجة، وابتعدت قليلاً ثم نظرت إلى الوراء للمرة الأخيرة. كانت يدٌ مخضّبة تتحسس طريقها ببطء من بين الصخور التي

tiefen Zug, blies den Qualm wie eine Wolke in die Luft und meinte:

»Wenn du möchtest, werde ich gehen, aber mir würde es nicht gefallen, mich hier länger aufzuhalten.«

Ich wurde sehr wütend und versuchte, mich zu beruhigen. Dieser große, ruhige Mann saß einfach da und rauchte still vor sich hin. Ich fand ihn gemein; es lag etwas Blindes, Quälendes inseinen Späßen.

Er sagte:

»Wie ich sehen konnte, hast du vorhin hier gegessen. Kommst du hierher, um zu essen? Diese unberührte Gegend«, und er zeigte mit der Hand dorthin, »ist sehr schön. Ich glaube, es ist jetzt Frühling.«

Dann wartete er einen Moment und fuhr fort:

»Willst du nicht mit mir reden? Wie du möchtest. Aber warum erzählst du mir nicht, wozu du hergekommen bist?«

Ich lächelte und gestand:

»Ich bin hierher gekommen, um Selbstmord zu begehen.«

Sein Arm blieb in der Luft hängen. Es war ein starker Arm, der hautlose Arm eines Mannes, der sein ganzes Leben lang wie ein Tier geschuftet hat, ein Mann, der die Qual gut kannte. Ich blickte ihm tief in die Augen und ging heftig atmend zum Eingang der Höhle. Ich streckte die Hand aus und packte das kleine Eisenstück; als ich mich schnell zurückzog, sah ich seine Augen zum letzten Mal. Dann stürzte ein Teil des Daches auf seine Schultern.

Erschrocken versuchte er, zum Ausgang zu hasten, aber die Wände brachen über ihm zusammen. Dann hörte ich, wie ein seltsames Keuchen unter dem Steinhaufen hervordrang. Es war

كفّت عن الحركة. وظهرت بارزة في الهواء كيد مسيح ساقط. وفكرت: «لقد كان يريد أن يحل مكاني، وإن كان يمزح». وامتطيت دراجتي، ورحت أدفعها على مهل بحذاء الخط الحديدي الذي لا نهاية لامتداده، وبقيتُ أحدّق أمامي وقد لفّت العالم غشاوةٌ باردة من الدم، مندفعًا تحت الشمس التي تنهار بنطء في طريقي الطويل نحو المدينة.

ein heftiger Einsturz, der von oben losbrach und nun in einem großen Haufen vor mir zum Erliegen kam. Der Wächter befand sich darunter. Ein Gefühl kalter Mutlosigkeit erfasste mich, als ob ich eine Menge Blut verloren hätte. In einem schwachen Lichtstrahl, der von der Sonne herkam, sah ich einen kleinen Flecken seines Kopfes. Seine Haare waren grau. Ich hob das Fahrrad auf und schaute mich, bevor ich davonfuhr, noch einmal um. Eine blutbefleckte Hand versuchte langsam, sich durch die reglosen Steine hindurch einen Weg zu bahnen. Dann erschien sie in der Luft wie die Hand eines gefallenen Messias. Ich dachte: »Er wollte an meine Stelle treten, auch wenn es für ihn nur ein Scherz war.«

Dann fuhr ich mit dem Rad davon. Gemächlich radelte ich an der endlos erscheinenden Eisenbahnlinie entlang. Ich blickte nur nach vorn, und die Welt hüllte sich in einen kalten Schleier von Blut. Während ich den langen Weg zur Stadt weiterfuhr, ging die Sonne allmählich unter.

النورُ ضعيف في السادسة

قضيت أربعة أيام في شقة المرأة، ثم هربت. وحين استيقظت في سرير الفلاح لم أجد في الغرفة أحدًا. نهضت من السرير فرأيت في النافذة رأس حصان. وحرّك الحيوان عنقه الطويل فاختفى الرأس وراء حافة جدار. غسلت وجهي ثم مشّطت شعري ببطء وأنا أحاول أن أمدد الوقت بأية طريقة. لكني أحسست بالضجر من العملية فارتديت ملابسي واحترت ماذا أفعل قبل الذهاب، هل أقفل باب الغرفة وماذا أفعل بالمفتاح؟ كان الفلاح غائبًا وخمّنت أن العادة أن يُترك الباب مفتوحًا. خرجت ووجهتي الميناء. لكن الطريق كان طويلاً، لذلك انحرفت في مسيري وسرت قليلاً حتى انخرطت بخطواتي في الطريق العام، وأخذت أنتظر عبور سيارة. ظهرت واحدة بعد قليل.

وفي الميناء هبطت. ماء شاسع، نظيف. وشممت بكل عروق أنفي. لقد انتظرت زمنًا طويلاً لأرى هذا المشهد. تجوّلت قليلاً من غير هدف، وقد ملأني الشعور بجوار الماء. وفي البيوت القديمة التي كانت تنحني على الماء كحيوانات مسنّة منهكة، ميّزتُ حياة سرية تجري رغم كل شيء. وجرفتني الرغبة. لا شك أنني كنت أبدو صغيرًا غير نافع، كقوقعة فارغة، وأنا تحت أنظار البشر الذين كانوا مستغرقين في عملهم، هناك. دخنت قليلاً ثم شعرت بجوع وتذكرت وجوب تناول بعض الطعام. وهل أقضي الصباح في المدينة؟ لمَ لا. وهل أفعل شيئًا خارقًا، فظيعًا

Um sechs Uhr schimmert das Licht

Ich verbrachte vier Tage in der Wohnung der Frau. Dann floh ich. Als ich danach im Bett eines Bauern erwachte, fand ich niemanden bei mir im Zimmer. Ich stand auf und sah am Fenster den Kopf eines Pferdes. Das Tier bewegte seinen langen Hals, und der Kopf verschwand hinter der Mauer. Ich wusch mir das Gesicht, dann kämmte ich mir gemächlich die Haare, damit die Zeit schneller verging. Doch das langweilte mich. So zog ich mich an und wußte nicht, was ich tun sollte, bevor ich das Haus verließ. Sollte ich die Tür abschließen? Was sollte ich mit dem Schlüssel machen? Der Bauer war nicht da, und ich überlegte, die Tür offen zu lassen, weil es hier so üblich war. Ich ging hinaus in Richtung Hafen. Aber der Weg dorthin war weit. Also bog ich ab und lief noch eine Weile, bis ich wieder die Hauptstraße erreichte. Dort wartete ich auf ein Auto, das auch kurz darauf kam. Am Hafen stieg ich aus und sah eine große, spiegelblanke Wasserfläche. Ich atmete tief ein. Lange hatte ich darauf warten müssen, dieses Panorama zu sehen. Fast hatte ich die Hoffnung schon aufgegeben. Ich schlenderte ziellos umher. Ich spürte die Nähe des Wassers. In den alten Häusern, die sich zum Wasser hinabbeugten wie alte, ermüdete Tiere, entdeckte ich ein verborgenes Leben, das trotz aller Widrigkeiten existierte. Es zog mich unwiderstehlich dorthin. Aus der Sicht der Menschen, die dort in ihre Arbeit vertieft waren, sah ich zweifellos klein und nutzlos aus wie ein leeres Schneckengehäuse. Ich

إذا أمكنني ذلك؟ لمَ لا؟ لمَ لا! سرتُ بخفة وأنا أشعر ببدلتي تؤالف ما بين حركاتي وتنسقها ضمن نفسها كالغلاف.

اقترب رجل من المقهى، سأل أحد الحاضرين بلغة أجنبية. لم يفهمه. وحرك رجليه باتجاهي، لحية شقراء. وقبل أن يتفحصني، صدمتني فكرة سارة: أنه بحار أجنبي.

- نعم، أعرف الإنكليزية. تفضل.

جلس بمرح. وانتظر حتى أنتهي من طعامي.

- في الواقع، كنت أريد أحدًا أكلمه.

قال وهو يتبسّم، وأكمل:

- صديق. أنت تعلم.

- نعم.

قلت، ونهضت. في الطريق قال البحار السويدي فجأة:

- هل تعرف في المدينة مكانًا؟

ومرّ بيده على صدره وفخذيه، بحركة غير واعية.

- فيه نساء؟

- تقصد بغايا؟

وارتقبت إيماءته - عرفته: من حثالة أوروبا.

وضحكت: - غريب، اسم البحار يرتبط دائمًا بالبغي. دائمًا.

شاركني ضحكتي ولحيته تهتز كنشارة ذهبية.

- تعني في الأفلام أليس كذلك؟

وكفّ عن الضحك، أجابني باقتضاب:

- البغايا قدر البحارة.

rauchte und bekam Hunger. Mir fiel ein, dass ich etwas essen sollte. Sollte ich diesen Morgen in der Stadt verbringen? Warum eigentlich nicht? Sollte ich etwas Außergewöhnliches oder Wahnsinniges tun, wenn sich die Gelegenheit dazu ergäbe? Warum nicht? Warum nicht! Ich ging langsam weiter und hatte das Gefühl, dass mein Anzug wie eine zweite Haut zu meiner Bewegung passte. Ein Mann schritt auf das Kaffeehaus zu und fragte einen Gast etwas in einer fremden Sprache. Der verstand ihn nicht. Der Mann kam auf mich zu. Er hatte einen blonden Bart. Bevor er mich musterte, dachte ich voller Hohn: Bestimmt ist er ein ausländischer Seemann.

»Ja, ich kann Englisch. Setz dich doch, bitte!«

Er setzte sich gutgelaunt und wartete, bis ich mit dem Essen fertig war.

»Eigentlich habe ich jemanden zum Reden gesucht«, sagte er lächelnd und fuhr fort: »Einen Freund, verstehst du?«

»Ja«, sagte ich und stand auf. Auf dem Weg fragte der schwedische Seemann plötzlich:

»Kennst du in der Stadt einen gewissen Ort?«

Und während er in einer spontanen Bewegung auf seine Brust und seine Schenkel deutete: »Wo es Frauen gibt?«

»Meinst du Huren?«, und ich beobachtete gespannt seine Mimik. Er war erleichtert. Ich hatte ihn erkannt: Er gehörte zum Abschaum Europas.

Ich lachte und dachte mir:

»Merkwürdig. Ein *Seemann* wird immer mit *Huren* in Verbindung gebracht.«

Er lachte mit, und sein Bart bebte wie ein goldenes Segel:

»Du meinst im Kino, nicht wahr?«

وأشرت مقترحًا إلى بيت واطئ كانت نوافذه مغلقة في وجه الصباح. وذهب خطوة، ثم:

- هل جربت المضاجعة صباحًا؟

سألني فجأة، وتركني في مكاني لا أعرف ما أجيب به عليه.

ماذا أفعل هنا؟ أزحت السؤال إلى جانب مؤقتًا، وكانت رغبتي قد تدلّت الآن في داخلي، هشّة وفارغة. لم يكن الماء يفيدني في شيء. والآن وقد ابتعدت عما كنت أكره، لم أعد أشعر بالحاجة إلى التساؤل. وهل أفادني القرب من الميناء الذي كنت أحلم أن أقف فيه ليلاً؟ وما جدوى أن أكون وحيدًا تمامًا؟ لقد أردت ذلك.

- ذلك ما أريده الآن أيضًا.

ردّدت في نفسي بعزم، ساحقًا قلقي كنملة. وكنت قد تجوّلت طويلاً وجلست في ثلاث مقاهٍ. وحاولت أن أتحدّث إلى أشخاص عديدين كانوا يجيبون على أسئلتي جميعًا بألفة مصطنعة تشعرني حالاً بأنني غريب. وفي تجوالي، ظهر لي بشكل مؤذٍ وعنيف ذلك الدمّل الذي كنت أحاول تغطيته في المدينة الأخرى؛ هنا، أيضًا، توجد الدناءة والخصومة ولكنني لم أشتبك بعد لأنني لم أقررالاستقرار، ليس إلاّ. هنا، أي شيء كنت أتوقعه إذن؟ وشعرت بالدناءة تغمرني مع إحساسي بالشبع - فلا ريب أن الغداء كان جيّدًا ...

رفع الماء حرارة زيتية لفحتني. وحملتني الخطوات البطيئة إلى حيث فارقني البحار السويدي قبل ساعات، محتكًا ببدلات بشرية وشامًّا روائح قمامة تطفو في الماء، وانعطفت، وكأنني أسير عائمًا، إلى زقاق كانت فيه امرأة ملفعة بعباءة تخاطب رجلاً لم أتبيّن وجهه.

Dann hörte er auf zu lachen und antwortete knapp:

»Die Huren sind das Schicksal der Seeleute, das ist eben so, ohne Frage.«

Ich zeigte auf ein niedriges Haus, dessen Fenster am Morgen geschlossen waren. Während er einen Schritt weiterging, fragte er mich plötzlich:

»Hast du schon mal probiert, am Morgen zu vögeln?«

Dann ließ er mich stehen, und ich wußte nicht, was ich antworten sollte.

Was hatte ich hier verloren? Ich schob die Frage vor mir her, und das Verlangen in mir wurde leer und brüchig. Das Wasser half mir nicht! Und jetzt, wo ich weit entfernt war von dem, was ich hasste, erübrigte sich die Frage.

Früher hatte ich davon geträumt, nachts am Hafen zu sein. Aber brachte mir die Nähe zum Hafen jetzt etwas? Was nützte es mir, ganz allein zu sein? Doch ich hatte es so gewollt.

»Auch jetzt will ich es!«

Mehrmals wiederholte ich das ganz entschieden, um meine innere Unruhe wie eine Ameise zu zerdrücken. Lange lief ich umher und ging in drei Kaffeehäuser. Dort versuchte ich, mit einigen Menschen zu reden. Alle antworteten mir mit einer gekünstelten Freundlichkeit, die mich sofort spüren ließ, dass ich hier fremd war. Während ich so umherlief, wurde mir wieder sehr heftig und schmerzhaft bewusst, was ich schon in der anderen Stadt versucht hatte zu verdrängen. Auch hier gab es diese Gemeinheit, diesen Hass. Nur hatte ich mich bis jetzt nicht damit auseinandergesetzt, weil ich noch nicht beschlossen hatte, mich hier niederzulassen. Was hatte ich hier erwartet? Ich spürte, dass ich mit Gemeinheit überschüttet wurde. Ich fühlte

خرجت ثانية إلى الطريق المنفلت من المدينة نحو القرى. وحين عدت، كان الباب لا يزال مفتوحًا والحصان منهمكًا، وقد خفض عينه يمضغ محتويات كيس كان قد ربط حول فكيه الطويلين. وقبل أن أدخل، رأيت ساقي سروال تتّصلان بحذاءين غاليين ورأيته.

- ما الذي أتى بك إلى هنا؟

ولم أدهش كثيرًا. ولكنني عجبت من شيء:

- كيف عرفت مكاني؟

- وهل لك مكان آخر؟

أجابني، ونفخ دخان سيجارة في الفراغ. دنيء، دنيء. لقد فكر بالفلاح على أنه قريبي الوحيد في هذه المدينة، وعرف. كانت في المنفضة عدة سجائر.

- ماذا تحاول أن تفعل بربك؟

خاطبني بهدوء، واعتدل في جلسته:

- لعبة قديمة لم تأنف من ممارستها! ولكنك عرفت الآن بدون شك أنها لا تفيد.

- ما الذي لا يفيد وماذا يفيد؟

ضحكت بعتب، ونظرت إلى النافذة المفتوحة حيث الحصان الصامت ذو العينين المفتوحتين. قال:

- ستأتي، أليس كذلك؟

بثقة، بثقة يتكلم الغبي. وقلت بثقة مساوية:

- لم تصل بعد إلى حد يمكنك إقناعي.

وكشفت عن أسناني:

mich satt. Denn das Mittagessen war wirklich sehr reichlich gewesen.

Vom Wasser her schlug mir eine ölige Wärme entgegen. Zögernden Schrittes ging ich dorthin zurück, wo mich der schwedische Seemann vor Stunden verlassen hatte. Ich streifte menschliche Körper und roch den Müll, der auf dem Wasser trieb. Als ob ich schwimmen würde, gelangte ich in eine Gasse, wo eine in eine Abaya gehüllte Frau mit einem Mann sprach, dessen Gesicht ich nicht erkennen konnte.

Ich ging den gleichen Weg zurück, der von der Stadt zu den Dörfern führte. Als ich wiederkam, war die Tür immer noch nicht abgeschlossen. Das Pferd schien in irgendetwas vertieft zu sein; seine Augen waren zu Boden gerichtet und es fraß aus einem Beutel, der über den beiden langen Kinnbacken gebunden war. Als ich das Haus betrat, bemerkte ich zwei Hosenbeine und teure Schuhe darunter. Dann sah ich ihn.

»Was hat dich hierher geführt?«

Ich war nicht sehr überrascht, aber etwas wunderte mich:

»Woher wusstest du, wo ich bin?«

»Wieso, hast du überhaupt eine andere Bleibe zur Wahl?«, antwortete er und blies den Rauch der Zigarette in die Luft. Er war gemein. Er war gemein. Er glaubte, der Bauer sei mein einziger Verwandter in dieser Stadt. Im Aschenbecher lagen mehrere Zigarettenkippen.

»Was, um Gottes willen, willst du tun?«, fragte er in aller Ruhe und ließ sich bequem nieder: »Ein altes Spiel. Du hörst nicht auf, es zu spielen. Dabei weißt du genau, dass es dir nichts nützt.«

»Was nützt schon, und was nützt nichts?«

- لست أكثر من أخي زوجةٍ. ماذا يستطيع أن يفعل أخو زوجة؟

وأخذت أبتسم له باحتقار. وعرض سيجارة:

- ومن قال إنه يريد أن يفعل شيئًا؟

- إذن ما الذي يفعله هنا؟

ذُهل، لكنه لم يفاجأ بغضبي.

- سأذهب عما قليل، ولكنني ذكرتك باللعبة السخيفة، التي كررتها للمرة الثانية. حصل هذا بلا شك، والدليل هو وجهك.

- «وجهي؟» وطمأنت، من الداخل، نفسي لتهدأ.

أخذت أضحك باستهجان. لكنني في سرّي كنت أتساءل بغيظ عن سبب شعوري بالحرج. وقال:

- إنها تنتظر.

لم أجبه. خفض الشاب رأسه.

- إنها تنتظر مولودًا أيضًا.

ولم ينظر إلي. وجدتني أنحرف نحو السرير، كنت قد ذهلت بدوري. وقلت بهدوء:

- سيجارة. أعطني واحدة.

فأشعلها لي قبل أن يعطيها، كما يفعل المرء مع شخص مريض. لم أتكلم، فلم يكن في نفسي، الآن، غير سكوت شاذ مريب. ومشيت نحو النافذة. كانت دائرة من الماء تحيط بعين الحصان الكبيرة.

هتفت وأنا أشير إلى الحصان:

- أنظر إلى هذا الغبي. إنه يبكي.

وأخذت أضحك بهستيريا. لم ينظر إلي. خجلت فجأة.

Ich lachte müde und schaute durch das geöffnete Fenster, wo das schweigsame Pferd groß in die Gegend guckte.

Dann sagte er: »Du wirst kommen, nicht wahr?«

So sicher, so bestimmt redete dieser Idiot. Dann antwortete ich genauso sicher:

»Du bist noch nicht so weit, dass du mich überzeugen könntest.« Und ich zeigte ihm die Zähne:

»Du bist niemand anderes als der Bruder der Ehefrau. Was kann der Bruder der Ehefrau schon tun?«

Ich grinste ihn verächtlich an. Er bot mir eine Zigarette an:

»Wer sagt denn, dass er etwas machen will?«

»Was hat er denn dann hier zu suchen?«

Er war verblüfft, aber mein Wut überraschte ihn nicht.

»Ich werde bald gehen. Ich habe dich nur an dieses unsinnige Spiel erinnert, das du nun schon zum zweiten Mal wiederholst. Es ist zweifellos etwas passiert, das beweist dein Gesicht.«

»Mein Gesicht?«

Ich versuchte, mich zu beherrschen. Ich lachte vor Verlegenheit, aber im Innern fragte ich mich wütend, warum ich verlegen war. Er sagte:

»Sie wartet schon.«

Ich antwortete ihm nicht, und der junge Mann schaute zu Boden:

»Sie erwartet ein Baby.«

Er schaute mich nicht an und ging an der Bettkante entlang. Ich war überrascht und sagte leise:

»Gib mir eine Zigarette!«

Bevor er mir die Zigarette gab, zündete er sie mir an, so wie man es gewöhnlich mit einem Kranken macht.

وأفزعني الصمت، صرخت وأنا أنفجر دون أن أملك السيطرة على نفسي:

- ولكن لماذا كان عليها أن تفعل ذلك؟ هل سألتها؟ هل سألتها أيها الوغد قبل أن تأتي لتعيدني؟

وأوليته عينيّ المفتوحتين على وسعهما. أوليته وجهي الذي تفلّش أخيرًا، كتلة ذعر.

- ولماذا خانت بالله؟

أخذت أعوي بكل صوتي. فنهض من مكانه وأخذ يحاول تهدئتي.

- لماذا خانت، ألم تقل لك؟ كأي ساقطة.

تحديته أن يأتي بأية حركة. وأخذت أردد أقوالي مهووسًا بعذابي الخاص. ثم تمالكت نفسي وذهبت إلى الزاوية حيث الماء فغسلت وجهي.

وقلت بصوت مختلف وبهدوء:

- أنت تعرف كل شيء. وإذا أحس رجل بأن زوجته تخونه فله الحق في أن يذهب بالطبع. أن يسافر نحو الجحيم. أن يلعب أية لعبة يشاء.

ومخطت أنفي.

- هيا. سافر الآن.

- وأنت؟

جابهني بعينيه اللتين اختفى منهما الذكاء المصطنع فجأة. وحتى أنه لم يكن يدخن الآن، وكان يتظاهر بذلك ليخفي توتره ويبدو قويًا بلا شك. أحسست برغبة جارفة في الاستسلام للشفقة على النفس. ولم أكن أريد أن أندم بسرعة. واجهته. عرفت أنها لحظة حاسمة. ولم

Ich sagte nichts. In mir war nichts außer seltsamem Schweigen. Ich ging zum Fenster. Flüssigkeit umrandete das große Auge des Pferdes. Ich zeigte auf das Pferd und meinte:

»Schau dir diesen Idioten an, er weint!«

Ich begann, hysterisch zu lachen. Er schaute mich nicht an. Ich schämte mich, und das Schweigen machte mir Angst. Ich verlor die Beherrschung und schrie:

»Warum hat sie das getan? Hast du sie gefragt, du Schuft, bevor du gekommen bist, um mich zurückzuholen?«

Aus meinem Gesicht sprach das Erschrecken, als ich ihn anstarrte und laut zu brüllen begann:

»Warum hat sie mich betrogen?«

Er stand auf und versuchte, meine Wut zu besänftigen.

»Warum hat sie mich betrogen? Hat sie dir das gesagt? Wie irgendeine Hure!«

Er blieb ruhig, und ich wiederholte meine Worte, besessen von meinen eigenen Qualen. Dann nahm ich mich zusammen und ging zu der Ecke, wo sich das Wasser befand, und wusch mein Gesicht. Leise sagte ich:

»Du weißt das alles. Wenn ein Mann spürt, dass seine Frau ihn betrügt, hat er selbstverständlich das Recht zu gehen, zur Hölle zu fahren, irgendein Spiel zu spielen.«

Ich schnäuzte mich.

»Geh, fahr jetzt zurück«

»Und du?«

Aus seinen Augen war die gespielte Klugheit plötzlich verschwunden. Er rauchte nicht und versuchte, seine Anspannung zu verbergen, doch sie war zu offensichtlich. Das Mitleid drängte mich aufzugeben, aber ich wollte nicht vorschnell Reue zeigen.

أستطع، فتخاذلت. وأخفيت وجهي في السرير. قال الشاب باضطراب:

- سأذهب. ولكن أرجوك أن تعود، وإن لم يكن معي.

ونخست حنجرته سعلة، كان الصمت حادًا. وقف في مكانه دقيقة. ثم ذهب. بقيت راقدًا على وجهي في السرير وأنا أتنفس رائحة جسد الفلاح. وفار في داخلي طوفان ملأ أعصابي فجأة بحاجة عظيمة للاستعداد. وثبت من السرير، فأخذت أمشط شعري بدون وعي. ولم أكن أعرف لأي شيء أستعد، لكنني كنت أستيقظ بكل حواسي. خرجت من الغرفة فذهبت إلى حيث الحصان، عرفت الآن لماذا كان الحيوان المسكين لا يستطيع الحركة، لأنه كان مربوطًا بوتد غائص في الأرض. اكتشفت ذلك كأنني أكتشف الوتد الذي ربطوني به. وملأتني رائحة الحيوان المريحة بشجن صبياني. ولكن لماذا فعلت التافهة ذلك وبأي حق؟ وانطلقت أسير دون غاية.

كان الشاب قد اختفى. ودهشت حين فكرت به، لقد بدا غريبًا. وماذا كان يفعل في هذه المدينة الملاصقة للبحر؟ إنه لم يكن مكانًا يتحمل ملامح تائهة كتلك التي تجعل من وجه الشاب منفى للسعادة. ولكنه غريب عني الآن. يظهر ويختفي في ذهني كنسخة تمر تحت عدسة الذاكرة. أستطيع أن أجزم، أن المرأة الأخرى كانت كذلك. نعم. بشقّتها الباردة وأعضائها الرخوة. عرفت الآن أنها لم تكن غير وسيلة ساويت عن طريقها نفسي بزوجتي. خنت كل شيء بيأس وأفرغت خيانتي في جسد تلك المرأة الغريبة. وانزلقت في حفرة مزروعة ومسقيّة بالماء فقررت أن أجلس على الأرض.

لقد تساوينا إذن. لأول مرة فكرت بخيانتي أنا. لقد هربت ولكنني

Ich trat ihm entgegen, denn ich wußte, dass jetzt ein entscheidender Moment gekommen war. Dennoch schaffte ich es nicht. Ich gab auf, verbarg mein Gesicht im Bett, und der junge Mann sagte aufgeregt:

»Ich werde gehen. Aber ich bitte dich zurückzukommen, auch ohne mich.«

Er hustete. Das Schweigen war hart. Er blieb für eine Minute stehen. Dann ging er. Ich lag auf dem Bett und verbarg mein Gesicht darin; ich atmete den Geruch des Bauern ein. In mir kochte es. Ich musste mich unbedingt auf etwas vorbereiten. Also sprang ich aus dem Bett und kämmte mir in Gedanken die Haare, ohne zu wissen, wofür. Mit plötzlich erwachten Sinnen verließ ich das Zimmer und ging zu dem Pferd. Jetzt wußte ich, warum das elende Tier sich nicht bewegen konnte. Es war an einem Pflock, der in der Erde steckte, festgebunden. Ich entdeckte den Pflock, an den ich selbst gebunden war. Der angenehme Geruch des Tieres erfüllte mich mit einer kindlichen Sehnsucht. Aber warum hatte sie das nur getan, diese Leichtsinnige? Mit welchem Recht hatte sie das getan? Ziellos ging ich umher.

Der junge Mann war verschwunden, und es erstaunte mich, dass ich an ihn dachte. Er erschien mir fremd. Was hatte er in dieser Stadt am Meer zu suchen? Dieser Ort konnte die Verwirrung auf dem Gesicht des jungen Mannes, die das Glück daraus verbannte, nicht ertragen. Aber er war mir jetzt fremd. Er erschien in meinem Gedächtnis und verschwand daraus wie etwas, das unter der Lupe der Erinnerung auftaucht. Ich konnte sicher sagen, dass es sich mit der anderen Frau genauso verhielt. Ja, die Frau in ihrem kalten Appartement mit ihren schlaffen

لم آت إلى هنا رأسًا، بل قضيت أربعة أيام بعيدًا عن زوجتي في شقة تلك المرأة. هل كانت هي تعلم بوجود الأخرى؟ لقد شكّت، لقد قتلها الشك. كانت تهتم، ولكنها خانت مرة. وكررت ذلك، فسحقني ذلك عندما عرفتُ. هل كان ذلك تشفيًا؟ انتقاماً؟ تساوياً؟

هبط الليل على الميناء. وانفتحت على سطح البحر عيون من الضوء. سفن. ولكن هل كانت فكرة الالتجاء إلى الميناء صدى طبيعيًا خرج من أعماق فكرتي عن التحرر، وبواسطتها كنت سأنقذ نفسي؟ كم فكرت بأن الميناء واجهة للعالم، تنعكس عليها نظافة البحر باستمرار فتخلّف بذلك، دائمًا، الحاجة إلى الاغتسال والتطهّر من أدران المكان، وذلك بمجرد الوقوف أمام المدخل المائي والامتزاج بالحركة الوافدة من بعيد: السفن والمسافرون والماء. أدرك الآن أن السفينة لا يمكن أن تكون بيتًا بحريًا. وهل كان ذلك البحّار الغريب إذن يحتاج إلى بغي يائسة أو يربط مصيره دائمًا بنساء غريبات في موانئ لا يعرف في أيها سيكون غدًا؟ ابتسمت بالرغم من نفسي.

- السفينة ليست بيتًا.

قلت، وكنت خائرًا بعد أن سرت طويلاً حتى استغرق النهار نفسه وخمنت أنها الساعة السادسة تقريبًا. ومن كان ذلك البحّار وأين كانت سفينته؟ تلك هي؟ لم تكن غير بقعة ضعيفة تتأرجح فوق مستوى الماء، كدبوس ذهبي في زجاجة حبر. وفي المقهى، رأيت صبيًا نائمًا على مصطبة. كانت تنتظر أن أعود إذن لأنها تحمل مخلوقًا في أحشائها، حارًا ينتظر أن ينفصل عن جوفها. ارتعشت في رطوبة البحر.

في أي فندق كان الشاب قد نزل؟ كانت بيوت صامتة تحمل جدرانها

Gliedern war nur ein Mittel, um es meiner Ehefrau heimzuzahlen. Verzweifelt verriet ich alles, und goss meinen Verrat in den fremden Körper dieser Frau. Ich ging hinunter zu einem bebauten und bewässerten Stück Land. Dann setzte ich mich auf den Boden. Jetzt waren wir quitt. Zum ersten Mal dachte ich über meine Treulosigkeit nach. Ich war davongelaufen. Aber ich kam nicht direkt hierher, sondern verbrachte vier Tage weit weg von meiner Frau im Appartement dieser anderen Frau. Wußte meine Frau auch von ihr? Sie hatte Verdacht gehegt. Der Verdacht tötete sie. Sie interessierte sich sehr dafür. Dann war sie einmal untreu und danach immer wieder. Als ich das erfuhr, fühlte ich mich vernichtet. Tat sie das aus Rachedurst oder aus einem Gefühl der Gleichberechtigung?

Über dem Hafen brach die Nacht an. Auf dem Meer öffneten sich Lichteraugen. Es waren Schiffe. Folgte der Entschluss, in diesen Hafen zu flüchten, aus meiner im Innern gehegten Idee von Befreiung? Konnte ich mich dadurch retten? Wie oft dachte ich, dass der Hafen ein Schaufenster der Welt sei, in dem sich die Sauberkeit des Meeres immerwährend spiegelte, des Meeres, das stets das Verlangen weckte, sich vom Schmutz dieses Ortes zu reinigen. Man brauchte nur vor diesem Wassertor zu stehen, um sich mit der Bewegung, die von weither kam, zu vermischen: Die Schiffe, die Reisenden und das Wasser. Jetzt begriff ich, dass das Schiff kein Meereshaus sein konnte. Hatte dieser fremde Seemann nur eine unglückliche Hure gesucht, oder verband er sein Schicksal im Hafen immer mit fremden Frauen, obwohl er nicht wußte, ob er am nächsten Tag noch da wäre? Ich lächelte lustlos.

»Das Schiff ist kein Zuhause.«

تواريخ حزينة لأناس ناموا وراءها، منفصلين عن العالم بأفعالهم ورغباتهم، وخانوا أيضاً ومزّقوا مصائرهم ورحلوا. بيوت. بيوت. وفي النهاية كان كل شيء، بالرغم منهم، متوازيًا، مساويًا. والماء ينفّس من أعماقه دائماً وطيلة هذا الوقت بحركته الواحدة المألوفة، تحت قواعد البيوت الرطبة المغطاة بطحالب البحر.

لم أسر طويلاً، فلم تكن لي قدرة على ذلك بعد. وجلست أنظر إلى كتلة الماء السوداء، تخفق دون غاية وتضرب جدار الميناء كأنها تكرر رغبة خرساء لا يمكن تحقيقها. ماء وأصوات بعيدة.

Das sagte ich. Ich war erschöpft, nachdem ich den ganzen Tag gelaufen war. Es musste ungefähr sechs Uhr sein. Wer war dieser Seemann und wo sein Schiff? Vielleicht war es nur ein Fleck, der auf dem Wasser wie eine goldene Feder in einem Tintenfass auf und ab schaukelte. Im Kaffeehaus sah ich einen Jungen, der auf einer steinernen Empore schlief.

Sie hatte gehofft, dass ich zurückkehren würde, trug sie doch ein Geschöpf in ihrem Innern, das darauf wartete, sich aus ihrer Bauchhöhle zu lösen. Die Feuchtigkeit des Meeres ließ mich zittern.

In welchem Hotel war der junge Mann abgestiegen? Schweigsam erschienen die Häuser, deren Wände traurige Geschichten der Menschen bargen, die hinter ihnen schliefen, durch ihre Taten und ihre Begierden von der Welt getrennt. Treulos zerrissen sie ihre Schicksale und reisten ab. Häuser über Häuser. Letzten Endes war trotzdem alles gleich und lief auf dasselbe hinaus.

Das Wasser wogte unter den Fundamenten der feuchten Häuser, die mit grünem Tang bedeckt waren, und versuchte mit immer gleichen Bewegungen aus seinem Innern heraus auszuatmen.

Ich ging nicht weiter. Ich hatte keine Kraft mehr. Ich setzte mich und schaute auf die schwarze Wassermasse, die sinnlos gegen die Hafenmauern schlug, als wiederhole sie ein stummes Verlangen, das sie nicht befriedigen konnte. Es gab nur Wasser und von fern kommende Stimmen.

العلاقة

أن تكون خلف الباب عائلة، هذا الباب القديم. عائلة تتحدّث ويرن الجرس فيرمق الجميع الباب. أن تكون امرأة ورجل وأطفال، أن تكون فتاة في السابعة عشرة، أن يكون هناك غريب يحمل رسالة إلى فتاة خلف الباب، هذا الباب القديم للمنزل.

الجرس،

وقال يوسف: إنني صديقه.

فقالت الفتاة جادّة: إنك لست مثله.

- كيف تعلمين؟

فلم تجب.

وقالت: منذ متى تعرفه؟

قال يوسف: هذا الشهر.

ورمق حقيبته الصغيرة، وكان جالسًا، قالت:

- إني آسفة، لا أحد غيري، كنت سأصنع الشاي.

فصاح: لا حاجة للشاي. أرجوك.

- خرجت أمي وأبي لم يعد.

- أنت وحيدة إذًا؟

- نعم.

وقالت: فريد خطيبي، كما تدري.

Die Beziehung

Hinter der Tür wohnte eine Familie. Die Tür war alt. Die Familie unterhielt sich. Wenn es klingelte, starrten alle auf die Tür. Es waren eine Frau, ein Mann und ihre Kinder.

An diesem Tag war nur das Mädchen dort, siebzehn Jahre alt. Ein Fremder brachte einen Brief für das Mädchen hinter dieser alten Tür.

Die Klingel.

Jussuf sagte:

»Ich bin sein Freund.«

Das Mädchen antwortete ernst:

»Du bist nicht wie er.«

»Woher weißt du das?«

Sie antwortete nicht. Dann sagte sie:

»Seit wann kennst du ihn?«

Jussuf sagte: »Seit diesem Monat.«

Er setzte sich und schaute auf seine kleine Tasche.

Dann sagte sie:

»Es tut mir leid. Außer mir ist niemand hier. Ich sollte vielleicht Tee machen.«

Er sagte:

»Nein, bitte, du brauchst keinen Tee zu machen.«

»Meine Mutter ist ausgegangen, und mein Vater ist noch nicht zurück.«

»Bist du allein hier?«

فقال يوسف: نقضي وقتنا معًا. دائمًا.

- ماذا تفعلان؟

- نتنزه. والسينما أحيانًا.

- فقط؟

- لا نفعل أشياء كثيرة.

ونظر إليها. بدأ يشرح لها، فقال:

- ينتهي العمل في الغروب فنذهب جميعًا إلى المخيّم.

- هل أنتم كثيرون؟

- في العمل؟

- نعم؟

- عشرة. وصاحب العمل لا يشتغل. له مكتب.

قالت: أتعيشان معًا؟ أنت وفريد؟

فقال بسرور: لنا غرفة.

- غرفة؟

وضحكت ثم قالت: هل هي فارغة؟ ألديكما شيء فيها؟

- نعم، بالطبع: كرسيان وطاولة. وراديو. وتوقف ثم قال:

- ومصباح أيضًا.

فانفجرت تضحك: مصباح أيضًا؟

وأمسكت فمها. قال وقد أصبح حائرًا:

- لأن بعض الغرف بلا مصابيح. فيها فوانيس نفط.

- آه. أتتأخران في الليل؟

ففكر ثم قال: أحيانًا.

»Ja.«

Dann sagte sie: »Wie du weißt, ist Farid mein Verlobter.«

Da sagte Jussuf:

»Wir verbringen viel Zeit zusammen, sehr viel.«

»Was macht ihr?«

»Wir gehen spazieren und manchmal ins Kino.«

»Nur das?«

»Nein, wir machen viel zusammen.«

Er schaute sie an und begann zu erklären:

»Wir arbeiten bis zum Sonnenuntergang. Dann gehen wir alle ins Camp.«

»Seid ihr viele?«

»Bei der Arbeit?«

»Ja.«

»Wir sind zehn, der Besitzer arbeitet nicht. Er hat dort nur sein Büro.«

Sie sagte:

»Esst ihr abends zusammen, du und Farid?«

Freudig sagte er:

»Wir leben zusammen in einem Zimmer.«

»In einem Zimmer?«

Sie lachte und sagte:

»Ist es leer? Habt ihr nichts darin stehen?«

»Doch, selbstverständlich. Zwei Stühle, ein Tisch und ein Radio.«

Er hielt inne und fuhr dann fort: »Auch eine Lampe.«

Sie brach in Lachen aus:

»Auch eine Lampe?«

Sie hielt sich die Hand vor den Mund.

كانت على المنضدة تفاحة خضراء بدأت تجف، فأخذها في يده. وكانت الفتاة تنظر من النافذة، في الغسق الذي يفرش الشوارع والسقوف. نهضت الفتاة، قالت:

- تأخّر أبي. وأمي أيضًا.

وأشعلت المصباح.

قالت بعد لحظة: إن حقيبتك معك. هل جئت من معمل الكبريت لتوّك؟

فقال: أحببت أن أوصل الرسالة إليك أوّلاً.

- كنت تستطيع الانتظار.

نظر إليها وكانت ترقبه. ومرّت بينهما لحظة نظر محض. قال:

- أردت أن لا أؤخر الرسالة.

وعبث بأصابعه. رأى أمام عينيه عنكبين ورديين يتصارعان، فحسم بينهما ودلاّهما في حضنه. كانت تنظر إليه.

قال: لا فرق، على كل حال.

فلم تقل شيئًا، وكان يسقط على عينيها ظلّ شعرها.

قال بقوّة: فريد دائمًا يفكر بك.

ثم قال: أعتقد أني سأذهب.

ونهض. قالت:

- ستركب الباص؟ إن الموقف قريب.

فصاح وهو ينحني ليحمل الحقيبة: هذا لا يهمّ.

وانتصب واقفًا وكانت تنظر إليه.

لم يعرف ما يقول. كانت ترمقه في الصمت.

Er sagte verwirrt:

»Weil manche Zimmer keine Lampen haben, sondern nur Öllämpchen.«

»Kommt ihr spät in der Nacht nach Hause?«

Er überlegte und sagte dann:

»Manchmal.«

Auf dem Tisch lag ein grüner Apfel. Er war vertrocknet. Er nahm ihn in die Hand. Das Mädchen schaute aus dem Fenster in die Dämmerung, die die Straßen und Dächer einhüllte. Dann erhob sie sich und sagte:

»Mein Vater verspätet sich, und meine Mutter auch.«

Sie schaltete das Licht an und sagte nach einer Weile:

»Du hast deine Tasche dabei. Bist du direkt hierher gekommen?«

Er sagte:

»Ich wollte dir zuerst den Brief bringen.«

»Damit hättest du auch warten können.«

Er sah sie an. Sie beobachtete ihn. Es verging eine Weile, in der die beiden sich nur anschauten. Dann sagte er:

»Ich wollte, dass du den Brief nicht zu spät bekommst.«

Er spielte mit seinen Händen und sah vor sich ein Paar rosa Spinnen, die miteinander kämpften. Er beendete ihren Kampf und ließ sie in seinen Schoß fallen. Sie beobachtete ihn. Dann sagte er:

»Es macht sowieso keinen Unterschied.«

Sie sagte nichts, und über ihre Augen fielen die Schatten ihrer Haare.

Er sagte entschlossen:

»Farid denkt ständig an dich.«

وودّعها ونزل الدرج.

أن تتحدّث مع فتاة، في غرفة عالية وقت الغسق. أن تجلس ويداك في حضنك. وفي قبضة يدك تفاحة جافّة وجنب الكرسي حقيبة. أن تعرف، حين تنظر إليك الفتاة، بأنها تفهم لماذا تتأخر عن أهلك، في نهاية السفر، أن تهرع وتدقّ الجرس وفي يدك رسالة إلى فتاة من شخص يقاسمك غرفة، أن تأتي، قبل كل شيء، من مدينة مريضة، من عالم مقفر فيه بيوت ضخمة ومخازن وفئران. أن تتكلف أمام فتاة نحيفة وحدها في غرفة عالية. أن تعطيها رسالة ستُبكيها بضعَ ليالٍ.

وقال يوسف لنفسه: ها هو موقف الباص.

وحاول أن ينشغل عن نفسه التي بدأت تخاف.

في الباص المترجرج لفّت رأسه غشاوة فجأة. ورأى في الزجاج، شبح المرأة التي أتى بها فريد قبل أسبوع. كانت أمامه، بيضاء، ثم هدر الباص فاختفت في زجاج النافذة.

وقال بغضب: لقد طردني، الحيوان.

وكان قد انتقل إلى غرفة أخرى وترك المكان لفريد والمرأة المارقة. وفكر بأهله: سأراهم الآن.

ولكن عبثًا، لم يستطع يوسف أن ينشغل بصورة أهله عن وجه الفتاة، في ذلك الباص الكئيب. لذلك، استسلم واعترف بأنه كان قبل أن يخطبها فريد، يفكر بها في نومه. أو يناجيها، أو يحبّها.

وفكر بحمّى: ستقرأ الرسالة.

ستقرأ الرسالة وتبكي. ستقضي ليلة كالميّتة، لأنه يعرف جيّدًا ما كتبه لها فريد المستهتر. وفكر يوسف بأنه لن ينام الليلة بدوره. وتوقف

Und er fuhr fort: »Ich glaube, ich muss jetzt gehen.«

Er stand auf, und sie sagte:

»Willst du mit dem Bus fahren? Die Haltestelle ist ganz in der Nähe.«

Er bückte sich, um seine Tasche aufzuheben und sagte:

»Das ist egal.«

Er erhob sich, und sie schaute ihn an. Er wußte nicht, was er sagen sollte. Sie starrte ihn schweigend an. Er verabschiedete sich und ging die Treppe hinunter.

Dass du mit einem Mädchen redest in einem Zimmer ganz oben, und es ist Abenddämmerung. Dass du dort sitzt und deine Hände in deinem Schoß liegen. In einer Hand ein vertrockneter Apfel, neben dem Stuhl eine Tasche. Dass du weißt, dass das Mädchen dich anschaut und viel Verständnis dafür hat, dass du jetzt am Ende der Reise nicht so spät zu deiner Familie zurückkehren möchtest. Dass du dich beeilst und klingelst, in deiner Hand ein Brief von einer Person, mit der du ein Zimmer teilst. Du kommst aus einer kranken Stadt, aus einer öden Welt, wo es nur große Häuser, Lager und Ratten gibt. Du sitzt vor einem schlanken Mädchen in einem Zimmer, das ganz oben liegt, und gibst ihr einen Brief, der sie nächtelang zum Weinen bringen wird.

Dann sagte Jussuf zu sich:

»Das ist die Bushaltestelle.«

Er versuchte, sich abzulenken, weil er Angst bekam. In dem schaukelnden Bus sah er plötzlich einen Schleier vor sich. Auf der Scheibe erblickte er den Schatten der Frau, die Farid vor einer Woche mitbrachte. Sie stand vor ihm, hellhäutig. Dann brummte der Bus und fuhr weiter, und sie entschwand seinem

الباص، فنزل منه.

حين جلس في غرفته، كان نظيفًا مرتاحًا. ولم يستطع إلاّ أن يشعر بأنه آمن، في نوع من الطمأنينة المقضي بها. إلاّ أن صورة الفتاة وهي تبكي ألحّت عليه. ففكر بأنه شيء يبعث على اليأس. ولكنه قال لنفسه بأنه شيء سيزول أيضًا. ليلة فقط. وقال فجأة:

هكذا أحسن.

وابتسم لفريد.

Blick. Zornig sagte er:

»Dieses Biest hat mich aus dem Zimmer geworfen.«

Er war in ein anderes Zimmer gegangen und hatte Farid mit dieser Frau allein gelassen.

Dann dachte er an seine Familie:

»Ich werde sie jetzt wiedersehen.« Aber während der Busfahrt ging ihm das Gesicht des Mädchens, das er besucht hatte, nicht aus dem Kopf und hinderte ihn daran, sich mit seiner Familie zu beschäftigen. Dann gestand er sich ein, dass er dieses Mädchen im Traum gesehen, mit ihr gesprochen und sich in sie verliebt hatte, bevor Farid sich mit ihr verlobte. Er dachte:

»Sie wird jetzt den Brief lesen. Sie wird den Brief lesen und weinen. Sie wird die Nacht wie eine Leiche verbringen.«

Er wußte genau, was Farid geschrieben hatte. Jussuf glaubte, dass er diese Nacht auch nicht würde schlafen können. Der Bus hielt an, und er stieg aus. Als er in seinem Zimmer saß, war er sauber und ausgeruht. Er fühlte sich sicher und ruhig, doch ihm erschien das Bild des weinenden Mädchens. Er fand, dass es zum Verzweifeln sei ... Aber er dachte bei sich, dass alles vorübergeht, nur eine Nacht. Dann sagte er plötzlich:

»So ist es besser.«

Und in Gedanken lächelte er Farid zu.

عاصمة الأنفاس الأخيرة

منذ أن أخذه أبوه إلى العاصمة ذات يوم، في سفرة قصيرة لحضور جنازة؛ من كركوك إلى القلب الكبير الأوردة؛ أرصفة يكاد يطالها سوط الحوذي الذي كانت عربته المزقزقة بصريرها العالي تنقلهما عبر أزقة طويلة في البتاوين إلى منزل عمه الذي مات، تتشبث بمؤخرتها كلاب سائبة لا تخيفها فرقعة السوط الصافرة التي يكيلها الحوذي الهرم مائلاً إلى الخلف بحركة آلية من بين آونة إلى أخرى، بقدر ما تزيدها توقًا للطراد وتضاعف من علوّ وثوبها ... سوط الحوذي، وحصاناه الثقيلان يقرعان موسيقى صباحية رطبة على طرق قديمة من الحصباء، ومن حيث يجلس يونس إلى يسار أبيه كان يرى اللجام الذي تغطيه رغوة خضراء وكيف يحزّ فكّي الفرس اليسرى كلما أدارت رأسها الضخم الطويل إلى الوراء قليلاً، متوجّسةً، باتجاه النباح فتظهر عينها الكبيرة من وراء العصابة الجلدية المزخرفة بالمسامير والنقوش عاكسة ظلال الشارع والبيوت المائلة كمرآة محدّبة رطبة بسائل لزج كالجيلاتين، إلى أن تعيد رأسها إلى مكانه لسعة السوط الذي كان يعالج بها الحوذي حصانه بشكل أرق، مصحوبةً بضجّة كان يطلقها لسانهُ قريبة من الوسوسة الصاخبة وفيها نوعٌ من التحبّب الخاص لا تفهمه إلاّ الخيول.

ثم سارا وحيدين في مدخل الزقاق، هو وأبوه، حاملين أكياسهما التي تحتوي على هدايا من الشموع، وقمع مخروطي كبير من السكّر

Die Hauptstadt des letzten Atemzuges

Eines Tages hatte ihn sein Vater auf eine kurze Reise in die Hauptstadt mitgenommen, um an einer Beerdigung teilzunehmen. Er brach von Kirkuk auf in das Herz des Landes zu den großen Adern. Mit lautem Knallen fuhren sie in einer Kutsche durch die langen Gassen von Al-Batawin* zum Haus seines soeben verstorbenen Onkels. Die Peitsche des Kutschers zischte über den Bürgersteig. Hinter ihnen her liefen streunende Hunde, denen das Peitschenknallen, das von der alten Kutsche von Zeit zu Zeit zu hören war, keine Angst machte. Es stachelte sie im Gegenteil nur noch mehr an, bellend hinterherzurennen und hochzuspringen. Die Peitsche des Kutschers und seine zwei schweren Pferde erzeugten also ein Konzert an diesem feuchten Morgen. Die Kutsche fuhr über eine alte, sandige Straße. Junis saß links vom Vater. Er konnte das Zaumzeug sehen, das von grünlichem Schaum bedeckt war. Immer wenn die Stute, die man auf der linken Seite eingespannt hatte, aus Angst vor dem Hundegebell ihren schweren, langen Kopf nach hinten warf, schnitt es ihr ins Maul. Dabei kamen ihre großen Augen hinter den ledernen Scheuklappen zum Vorschein. Die Scheuklappen trugen Verzierungen aus Nägeln und metallenen Plättchen, in denen sich die Schatten der Straße und der Häuser spiegelten wie in einem gewölbten, feuchten und gallertartigen

---

* *Al-Batawin*: Stadtviertel von Bagdad

في غلاف من الورق النيلي. لم ينس تلك العزلة المليئة بالوعود، عزلة الصباح التي لا يعرفها إلاّ حوذي نصف نائم، أو كلب هزيل واقف بقائمتين على برميل في داخله أمل، وعد، رائحة ... بعد سنين كان عليه أن يهرب ويعود إليها، ليكون جسدًا صامتًا يمضي ورأسه يرنّ بضجيج لا يهدأ، كيقطينة لا تحتوي سوى بذورها بين المقاهي الغائصة في دخانها الأزرق، إلى حافة دجلة، على طول السكة الحديدية وراء سدّة كمب الكيلاني، يدخل أبوابًا ويصعد إلى سطوح خالية إلاّ من غسيل يجف في الشمس، ملاءات نظيفة خَلِقة فيها ثقوب واسعة ينسلّ منها النور القائظ في شهور الصيف، أقمطة أطفال، ملابس داخلية خشنة لعامل مكدود، والأسرّة التي ينامون فيها على السطوح ... ثم يعود إلى الغرفة في بيت أم رؤوف. من هنا، في الطابق الثاني، كان بإمكانه أن يرى النهر عبر السقوف، ووراءه على الضفة الأخرى قصر حكومي ضخم محاط بعذوق النخيل الغبْراء، وطيور لها لون التراب تصعد محلّقةً وتهبط بتكاسل كأن موجة القيظ تمدّ خيوطًا حارة مربوطة بأجنحتها، تشدها وترخيها ... لكنّ يونس لا يكتفي بالنظر بل إنّه، في هذا الصباح الأخير، كان يحلم بأنّه يخلع حذاءه أولاً، ثم يخلع ملابسه كلها إلاّ اللباس الداخلي، ويخطو دون وجل والحصى تعضّ أصابع قدميه الحافيتين، في الماء، وفي الصباح، وفي تلألؤ الصباح الذي يبثّ قشعريرة الشوق الغامض والتهوّر والسكون والكلام الداخلي، ومحاورة ما لا نهاية له من الصور التي لا منطق لها والاهتزاز لكلّ خلجة وفكرة كأنّ مصير العالم يرتبط بكلّ خلجة وفكرة. وهكذا؛ يبثّ الصباح كالراديو حياته، في قلب يونس وأذنيه اللتين ترتجّان بوسوسة مائية وتيّارات تعبر بين فخذيه

Spiegel. Wenn die Peitsche des Kutschers sie traf, warf sie ihren Kopf wieder nach vorne. Er schlug nun zärtlicher als zuvor auf seine Pferde und begleitete die Peitschenhiebe mit einem Schnalzen, dessen liebevolle Art nur von Pferden verstanden werden kann.

Sie liefen allein durch die Gasse, er und sein Vater. Sie trugen Tüten voller Geschenke, Kerzen und einen großen Zuckerhut, der in blaues Papier eingewickelt war. Er vergaß auch die vielversprechende Einsamkeit nicht, eine Einsamkeit am Morgen, die nur der Kutscher im Halbschlaf kennt oder der abgemagerte Hund vor einem Eimer, in dem Hoffnung, Versprechen und Duft enthalten sind.

Viele Jahre später musste er fliehen und zu dieser Einsamkeit zurückkehren. Er war zu einem schweigenden Körper geworden. Er lief und in seinem Kopf dröhnte es unaufhörlich, wie in einem Kürbis, der nur Kerne enthält. Er lief durch die Cafés, die am Ufer des Tigris an der Eisenbahnlinie entlang hinter dem Camp Kilani-Damm im blauen Dunst dahinschwammen. Er stieg zu leeren Dächern empor, auf denen nur weiße Laken zum Trocknen hingen, durch deren große Löcher in den Sommermonaten heiße Sonnenstrahlen fielen. Woanders gab es Kinderwindeln, raue Unterwäsche von hart arbeitenden Menschen und Betten, auf denen die Leute draußen schliefen. Er betrat ein Zimmer im Haus von Umm Raouf. Von dort oben, vom zweiten Stock aus, konnte er über den Dächern den Fluss sehen. Am anderen Ufer stand ein riesiger staatlicher Palast, den braune, buschige Dattelkronen umgaben. Erdfarbene Vögel flogen müde auf und nieder, so als besäße die Hitze Fäden, die an ihren Flügeln festgeheftet waren und sie hochzogen und wieder hinab-

وتداعب خصيته كأنها أسماك صغيرة تحاول أن توقظه لتشركه في لعبة صامتة يعرف بها النهر، هذا الذي سينزل إليه ناقمًا في آخر صباح من تاريخ حياته الحافلة ...

في تلك اللحظة الشائكة من ذلك الصباح الحاسم كان يقف دائخاً في وسط الغرفة العليا، والباب المفتوح كقناعٍ أزيح إلى جانب يطلّ على الحياة شبه الغابيّة التي تخفق في النسيم الباكر الآتي من النهر ضمن جدران الحديقة المسوّرة في البيت الخلفي ... صياح عصافير وصيحات أطفال، حِنفية تغرغر تحت شجرة كعنقٍ مقطوع لا يكف عن النزيف. كان يصغي بأذن واحدة ويترك للأصوات أن تنزلق من حافة ذهنه إلى الفضاء وهو يغسل وجهه ببطء ويوظّف ثلاثة أصابع من يده اليمنى في مهمة فرك أسنانه بالملح، إذ كان قد نسي الفرشاة والمعجون في حقيبة صغيرة تركها عند أحد الأقرباء. رنّ جرسٌ بعيد وسمع صوت الطارق ينادي أحدًا في بيت الجيران، ثم رأى الفتاة فجأةً ... من أعلى، حيث يقف، كانت تبدو صغيرة: ١٢ سنة، أو أقل. تقلّب في دواخه الصباحي برهة كفلّينة مشدودة بصنّارة ومن حيث يقف أمام مغسلة الصفيح بجانب باب الغرفة، في الطارمة العالية ذات السقيفة، كانت انفراجات من فراغ في الكثافة النباتيّة تتيح له أن يميّز الفتاة قليلاً، وإن كان يعرفها فقد كانت كلّ نهارٍ تقريبًا، طيلة الأسبوع الماضي، تلعب أو تعمل شيئًا ما في الباحة الخلفية، بصحبة بنت أخرى أو صبي صغير غالبًا ...

- نوزاد، نوزاد، كاكا ...

بدأ صوت الطارق يضعف ويتّخذُ رنّة مخذولة كأنّه يشعل سيجارة

ließen. Aber Junis begnügte sich nicht damit, sie zu beobachten, sondern stellte sich an diesem letzten Morgen vor, er würde zuerst seine Schuhe ausziehen, dann seine gesamte Kleidung bis auf die Unterwäsche. Er ginge ohne Furcht, und die Steine im Wasser drückten in seine nackten Füße. Und das am Morgen. Die Morgenstrahlen ließen ihn erschauern, in ihm regte sich eine geheime Sehnsucht, Abenteuerlust, Stille, Worte eines Selbstgespräches und ein unendlicher Ablauf von unzusammenhängenden Bildern. Und dann die Aufregung über jede Regung und jede Idee, als wenn das Schicksal der Welt von dieser Regung oder dieser Idee abhinge. So sendete der Morgen wie ein Radio sein Leben, das die Gebäude und Bushaltestellen umhüllte. All dies geschah im Herzen von Junis. In seinen Ohren gab es Geräusche wie von Wasser, durch seine Schenkel flossen Ströme, die seine Hoden kitzelten, als ob sie kleine Fische wären. Sie versuchten ihn zu wecken, damit er dieses schweigsame Spiel, das der Fluss kannte, mitmachte. Am letzten Morgen seines bewegten Lebens wird er voller Groll in den Fluss hineinsteigen.

In diesem schwierigen Moment, an diesem entscheidenden Morgen stand er wie betäubt mitten im Zimmer, und die geöffnete Tür sah aus wie eine Maske, die beiseite geschoben worden war. Er schaute auf sein Leben, das ihm so fremd erschien, das im Wind flatterte, der vom Fluss herkam und am frühen Morgen über die Gartenmauer hinter dem Haus heranwehte.

Vogelgezwitscher und Kindergeschrei, ein Wasserhahn gurgelte unter einem Baum wie ein abgeschnittener Hals, der nicht aufhörte zu verbluten. Mit einem Ohr hatte er all das gehört, und durch das andere ließ er die Stimmen wieder aus seinem Gedächtnis hinaus ins All gleiten. Er wusch sein Gesicht und mit

بانتظار أن يُفتح له، معتادًا على التأخير. كانت عائلة كردية تزدحم في غرفتين طويلتين كالأروقة محشورتين بين بيت أم رؤوف ومبنى آخر مهجور في الجهة الثانية، على مدخل الزقاق. أتيح ليونس قبل أيام أن يرى البيت. في ذلك اليوم كان الزوّار منذ الصباح الباكر قد أخذوا بالوفود في مواكب حافلة بالزينة، وخصوصًا النساء الكرديات في ثيابهن التقليدية المقصّبة، الثقيلة. يدخلن البيت الصغير تسبقهن غيمة غاشمة من العطور، حاملات بُقجاً وسلالاً مليئة بالهدايا والرجال يدخنون في خارج البيت وبعضهم يتلكأ في الحديقة الخلفية بين الكراسي المصفوفة بانتظار الضيوف. بقيت الشمس تنعكس بحدّة على زنانير النساء العريضة المليئة بالفصوص وخناجر الرجال المدفونة في تلك السجاجيد الملفوفة حول أواسطهم حيث ترتاح أيديهم بالغريزة وهم يلغطون، حتى وصل «آمورخان» العجوز، النحيل، الأجوف الخدين قبيل الضحى حاملاً زُرنته الذائعة الصيت من أقصى الشمال إلى أقصاه، يتبعه ابنه الفارع وطبله يتدلى أمامه ... نعم، عرس نوزاد: بقي الجيران حتى الفجر يتفرّجون من السطوح على راقصي الدبكات، ومائدة العروسين العامرة بالفاكهة والملبّس والشربت. كان في الوسط سطل كبير من العرق القوي البيتي الصنع، فيه مغرفة خشبية ظلت الأيدي تتداولها وكلّما فرغ السطل أتوا بآخر. جلست أم رؤوف قريبًا من العروس التي كانت صبيّة لوزيّة العينين لها وجهٌ مقمر بضّ وجديلتان كثّتان من الشعر الكستنائي، وشارك يونس في بعض الدبكات بعد أن أسهم في إنقاص مستوى العرق الفائح، في السطل ... غنّى أحدهم وهو سكران محمرّ الوجه أغنية «كا بوكي ليلي» لمحمد الجزراوي ويده اليمنى

drei Fingern putzte er seine Zähne mit Salz. Seine Zahnbürste und Zahnpasta hatte er in einer kleinen Tasche bei Verwandten vergessen. In der Ferne klingelte es, er hörte eine Stimme, die jemanden aus dem Nachbarhaus rief. Da erblickte er plötzlich das Mädchen. Sie schien noch jung zu sein, zwölf Jahre oder weniger. Für eine Weile stand er unter dem Eindruck seiner morgendlichen Verwirrung wie eine sich drehende Gurke, die am Angelhaken hing. Von seinem Standort aus vor dem Blechwaschbecken der Laube im Dachgeschoß konnte er das Mädchen durch die Ritzen der Blätter sehen. Er kannte sie. In der letzten Woche hatte sie jeden Tag mit einem kleinen Mädchen, und öfter noch mit einem kleinen Jungen im Hinterhof gespielt.

»Nouzad, Nouzad, Kaka.«

Die Stimme des Mannes, der vorher geklingelt hatte, begann leiser zu werden und es hörte sich an, als habe sich jemand eine Zigarette angesteckt und warte darauf, dass man ihm die Tür öffne. Es schien, als sei er an diese Warterei gewöhnt. Es war eine kurdische Familie, die zwei längliche Zimmer bewohnte, ein Haus, das zwischen dem Haus von Umm Raouf und einem verlassenen Haus auf der anderen Seite lag. Es befand sich am Eingang der Gasse. Vor Tagen hatte Junis Gelegenheit gehabt, es sich anzusehen. Schon am frühen Morgen waren an jenem Tag die Gäste erschienen. Sie trafen in geschmückten Konvois ein. Vor allem die kurdischen Frauen trugen schwere, mit Brokat besetzte Kleider. Sie betraten das kleine Haus, und es umgab sie eine Wolke von schweren Düften. Sie hatten Körbe und Bündel voller Geschenke dabei. Die Männer rauchten vor dem Haus. Manche von ihnen verweilten im Hintergarten zwischen den

تغطّي أذنه، ورقص العريس رقصة منفردة شاهرًا خنجره في الهواء. بقي عدة أطفال يجثمون كالنسانيس في الأشجار المزيّنة بالمصابيح وعلى السور، وانسلّ الكثيرون بعد الأكل إلى الخارج ليتحلّقوا حول سيّارة أحد الزوّار، يتسامرون ويدخّنون ويروون نكاتًا مفصّلة حول ليلة الدخلة. كانت سيّارة نزّاحين تنبعث منها بقوة رائحة الغائط اليابس وهي عبارة عن برميل كبير من الصفيح رُكّبَ على عربة بيك آب عُلّقت في جوانبها الرفوش والمكانس. ميّز يونس وجوهًا خُيّلَ له أنّه رآها بين صفوف الأكراد الذين كانوا يجلسون أمام حديقة الأمّة في الباب الشرقي، تحت نصب الحرية لجواد سليم في كلّ مساء وبين قدمي كلّ منهم صندوق خشبي لصبغ الأحذية مُرصّع بمسامير نحاسية عريضة ومزوّد بعلب البُوية على الجانبين ... كانوا نطفة من سيل لا يكفُّ عن التدفّق عبر جسور بغداد وينصبُّ في صرائفها المنسيّة، قادمًا من الشمال، وعائلة نوزاد هاجرت من زاخو: لا يعرف حتى الآن كم عدد أفرادها، لم يكن يرى غير الأطفال بين حين وآخر، والعروس التي كانت تذهب صباحًا أو تعود ظهرًا مع امرأة كردية ضخمة خمّن أنها أم العريس، حاملةً سلّة وهي تخفض عينيها بخَفر سائرة وراء المرأة بمسافة، وعيناها اللوزيتان تنضحان بنعمة خفية لا تعرفها إلاّ العذراء التي فقدت بكارتها حديثًا ... لا عجب أن يتنحنح الطارق المجهول بصوت عالٍ ذي معنى، وينصرف. سمع ضحكته الحاسدة وتكهّن بانشغالات نوزاد البعيدة عن عالم الأحذية أو نزح البواليع في هذه الأيام ...

لاحظ يونس أن طفلاً أشقر الرأس يجلس على درج من الإسمنت بالقرب من الفتاة. وتلكأت هذه، مستديرة حول نفسها بوجه متبرّم، لا

Stühlen, die dort aufgereiht auf die Gäste warteten. Die Sonne spiegelte sich scharf auf den breiten, mit Steinen verzierten Gürteln der Frauen und auf den Dolchen der Männer, die in dem um die Hüfte geschlungenen, gewebten Wollgürtel steckten. Sie hatten ihre Hände darauf gelegt und sprachen laut. Dann kam der alte, hagere Amorchan mit den eingefallenen Wangen. Es war am frühen Abend, als er erschien und die berühmte Zurna* mitbrachte. Hinter ihm folgte sein großer Sohn, der eine Trommel vor sich hängen hatte. Man feierte die Hochzeit von Nouzad. Die Nachbarn blieben bis zur Morgendämmerung wach und schauten von den Dächern auf die Tänzer und die lange, prächtige Tafel der Braut und des Bräutigams voller Obst, Süßigkeiten und Getränken. Mitten auf dem Tisch stand ein großer Eimer, gefüllt mit starkem, hausgemachten Arak**. Aus einer hölzernen Kelle tranken die Leute davon. Wenn der Eimer leer war, brachten sie einen neuen.

Umm Raouf setzte sich in die Nähe der Braut, die noch sehr jung war, mandelförmige Augen und ein hellhäutiges, ovales Gesicht hatte. Sie trug zwei dichte, kastanienfarbene Zöpfe. Junis beteiligte sich an den Tänzen, nachdem er genügend Arak aus dem Eimer getrunken hatte. Einer sang in betrunkenem Zustand und mit geröteten Augen das Lied *Ka boki laili* von Mohammed Al-Djazrawi; die rechte Hand legte er dabei an sein rechtes Ohr. Der Bräutigam tanzte einen Solotanz und schwenkte seinen Dolch durch die Luft. Einige Kinder hockten wie kleine Affen auf den Bäumen und auf den Mauern, die mit bunten

---

* *Zurna*: Vorderorientalische, hölzerne Kegeloboe

** *Arak*: Anisschnaps

تعرف ماذا تفعل. أنهى حلاقته أمام المرآة المعلقة في الطارمة ودخل الغرفة ليرتدي ملابسه فالساعة تجاوزت الحادية عشرة وعليه أن ينجز بضع مهامٍ، بينها المرور ببيت قريبه لالتقاط حقيبته الأخرى ... كان قد وضّب أشياءه القليلة في الليلة الماضية وحشرها في حقيبة الكتف التي كانت على السرير، وأضاف إليها الآن أدوات حلاقته التي جفّفها ووضعها في كيس من النايلون. جلس على السرير بعد أن التقط علبة الروثمان من المنضدة الطويلة التي كانت تزدحم بكتب رؤوف وأوراقه قبالة السرير: غرفة ضيّقة طولانية فيها نافذة صغيرة تطلّ على الزقاق، ومع ذلك كم من الحميمية كان يحس اليوم، في هذا الصباح بالذات، كدفق دافئ ينبجس بين أضلاعه كلّما جال بنظراته في زواياها المليئة بصناديق صغيرة من الكارتون عليها ماركات شركات الصابون، أو أخرى خشبية تحمل ماركة «معمل الحدباء» للخمور، أو بيرة «فريدة» ... تحتوي كتبًا وجرائد قديمة على الأغلب، ومن فرجات بعضها تطلّ أطالس وأوراق امتحانات ... غرفة رؤوف: أسبوع واحد قضاه هنا ومع ذلك يغمره هذا السيل الكثيف من الألفة الناقصة، والحيرة أيضًا ... الحيرة لأنه كان واعيًا على الدوام بأنه عاجزٌ عن وضع يده على سرّ صديقه الغائب وهو يتأمل، في الليل غالبًا عندما يعود متأخرًا، أو في الصباح عندما يستيقظ ويظلّ راقدًا في السرير، هذه الجدران الحافلة بمؤشرات كان يحسّ بالغريزة أنها ستقوده إلى قلب ذلك السر ... تصوّر وجه صديقه الناحل المفرغ من الحيوية بعد سلسلة من الاعتقالات والتدريس في قرى قاحلة، وشعره المفروق على صلعة مبكّرة (كان يعرف من أحاديث أصدقاء آخرين أنها نتيجة نوع من التيفوس أصيب

Lampen geschmückt waren. Ein paar junge Männer gingen nach dem Essen nach draußen und umringten das Auto eines Besuchers. Sie rauchten, schwatzten und erzählten sich ausführlich Witze über die Hochzeitsnacht. Dem Wagen der Kanalarbeiter entwich ein Gestank von getrocknetem Kot. Es handelte sich um einen großen, blechernen Tank, der auf einem Lastwagen montiert war. Zu beiden Seiten hingen Schaufeln und Besen. Junis erkannte Gesichter, die er glaubte, schon einmal bei den Kurden gesehen zu haben, die jeden Abend im Al-Umma-Park am Osttor unter dem Freiheitsdenkmal von Djawad Salim hockten. Jeder hatte einen hölzernen Kasten zum Schuhputzen vor sich, verziert mit einer kupfernen Nadel und auf beiden Seiten Fächer für die Gläser mit Schuhcreme. Sie waren der Tropfen einer Flut, die nicht aufhörte, durch die Brücken von Bagdad zu strömen und in den vergessenen Abflüssen zu münden. Diese Flut kam aus dem Norden. Die Familie von Nouzad kam aus Zacho; er kannte die Zahl ihrer Mitglieder nicht. Von Zeit zu Zeit sah er neue Babys, und nun die Braut, die am frühen Morgen fortgegangen war und um die Mittagszeit zurückkam mit einer dicken kurdischen Frau, von der er dachte, dass sie die Mutter des Bräutigams sein könnte. Die Braut trug einen Korb. Sie lief in einigem Abstand hinter der Frau her, die Augen schüchtern zu Boden gerichtet. Ihre mandelförmigen Augen strahlten ein verborgenes Glück aus, das nur eine junge Frau, die gerade ihre Jungfräulichkeit verloren hat, kennen kann. Deshalb war es kein Wunder, dass der Unbekannte, der an der Tür klingelte, eine laute Stimme hatte und dann wieder ging. Junis hörte dessen neidisches Lachen und dachte, dass Nouzad, der Bräutigam, jetzt mit anderen Dingen beschäftigt war, und nicht mit dem

به في أحد السجون) بينما كان يدخّن ويمر بعينيه للمرة الأخيرة على الجدار الذي يعلو منضدة المكتب: في المركز، بمواجهة الجالس على الكرسي، كانت صورة فوتوغرافية بالأبيض والأسود من تلك الصور التي تعرض في واجهات السينما، لوجه الممرّضة الصارخة ذات العوينات المهشّمة في فيلم «بوتمكين» لآيزنستاين. حدّق في فمها المفتوح على وسعه كأنّه يتوقّع أن تنطلق منه صرخة حقيقية، وكان يسترجع مشاهد من الفيلم الذي رآه مرتين، مجّانًا، في معهد الثقافة السوفييتي بشارع أبي نواس كلّما رأى الصورة. وهناك أيضًا في أعلى الجدار، صورة لمعروف الرصافي وعلى رأسه سدارة تركية، وأخرى للسياب يضحك بطريقة تجعل أسنانه تطغى على بقية وجهه النحيف. لكن الصورة التي تسحره بقوة كانت في إطار خشبي صغير معلقة تحت صورة الممرّضة الصارخة، مصفرّة اللون مأخوذة بكاميرا رخيصة أو عتيقة الطراز؛ هنا كان رؤوف يقف واجمًا وهو يبتسم ابتسامة مريضة، مع مجموعة من السجناء بالبيجامات أمام شرشف معلّق بحبال الغسيل، على منصّة خشبية عالية. كان قد حدّثه عدة مرّات عن أيامه في نقرة السلمان حيث كانوا يقدّمون مسرحيات مرتجلة بين حين وآخر في ذلك المعتقل الصحراوي الذي كان بمثابة محطة يمرّ بها الحزبيون من جيل إلى آخر، وأكثرهم شعراء وفنانون؛ ميّز في الصورة رشيد، خريج معهد الفنون قسم التمثيل الذي كان قد التقى به بضع مرّات، منذ وقت قريب، ثم اختفى من بغداد وقيل إنّه هرب إلى الشمال. عرض عليه رؤوف أن يبقى مدة في غرفته لأنّه كان سيسافر إلى الرمادي هو أيضًا حيث كان، الآن، يدرّس التاريخ والجغرافيا في إحدى المدارس

Schuhputzen oder der Abflussreinigung.

Junis sah ein blondes Kind, das neben dem Mädchen auf der Betontreppe saß. Das Mädchen saß dort mit mürrischem Gesicht und wußte nicht, was es tun sollte. Junis beendete seine Rasur vor dem Spiegel, der draußen an der Wand der Laube hing. Er ging ins Zimmer, um sich umzuziehen. Es war elf Uhr, und er musste noch viel erledigen, unter anderem bei seinen Verwandten vorbeigehen, um seinen anderen Koffer abzuholen. In der letzten Nacht hatte er seine Sachen in eine Schultertasche gepackt, die am Bett hing. Jetzt tat er das Rasierzeug hinein, nachdem er es abgetrocknet und in eine Plastiktüte gesteckt hatte. Er setzte sich auf das Bett, nahm die Packung Rothmans von dem langen Tisch gegenüber, auf dem sich Raoufs Bücher und Papiere stapelten. Es war ein schmales, langes Zimmer mit einem Fenster zur Gasse hinaus. Trotzdem fühlte er sich darin geborgen, vor allem an diesem Morgen. Wärme strömte jedesmal durch seinen Körper, wenn seine Blicke in die Ecken wanderten, in denen sich kleine Kartons stapelten. Manche trugen den Namen einer Seife, andere Kisten aus Holz trugen die Namen der Weinfabrik Al-Hadba oder der Biermarke Farida. Die Kartons und Kisten waren voll mit Büchern oder alten Zeitungen. Aus manchen kamen Prüfungsunterlagen und Mappen zum Vorschein. Es war Raoufs Zimmer. Eine Woche lang hatte Junis hier verbracht. Eine unvollkommene Vertrautheit, aber auch eine Verwirrung umgab ihn, Verwirrung, weil ihm seine Unfähigkeit, das Geheimnis seines abwesenden Freundes zu lüften, stets klar war. Nachts, wenn er spät zurückkam, oder am frühen Morgen, wenn er erwachte und im Bett liegen blieb, betrachtete er die Wände voller

المتوسطة. معلّم حريص، رؤوف. كان صارمًا في عاداته كأنه تعلّم دروسًا خفيّة في الصمت. لا يتداول بالحديث السائب الذي كان أكثر من يعرفهم يهدر به وقته في المقاهي. ذهب معه يونس بضع مرّات إلى مخازن أوروزدي باك في شارع الرشيد، ورآه يشتري اسطوانتين من الموسيقى الكلاسيكية بمبالغ باهظة وكان يعرف فقر رؤوف. وفي بار «الخيام»، قضيا أمسية كاملة يشربان بيرة «فريدة». كان البار مكيّف الهواء يهبّ من فتحات مشبّكة في سقفه تيّارٌ صاخب من الهواء الفاتر يرفل فيه قميصه الأبيض الخفيف وترتفع فيه شعراتُ رأسه القليلة التي كان يصفّها بشكل طولاني على عرض صلعته المليئة بالبثور. في تلك المرة وصلا إلى حدّ أن سحب رؤوف من جيب بنطلونه الخلفي ورقتين وأخذ يقرأ له قصيدة بعد مقدّمة مطوّلة مليئة بالأعذار. قرأ بصوت بطيء يكاد يكون همسًا وهو يتلفت شزرًا إلى المنضدة القريبة، حريصًا على ألاّ يصل صوته إلى أبعد من أذني يونس.

كان يقرّب منه وجهه إلى حد أن تلفحه أنفاسه الخاثرة بالبيرة ويحدّق في عينيه من وراء نظاراته السميكة بحدّة بينما يشد ردن قميصه بيده اليسرى قابضًا على ذراعه أحيانًا بأصابعه الصلبة عند نهاية كل مقطع ... على أنّه كان ينغلق كالصدَفة إذا مرَّ بطاولتهم أحد المعارف ويترك للحديث أن ينساب بدونه كأنه غير حاضر وإن كانت عنيناه تجولان بين الطاولات الأخرى خفيةً ويراه يونس يتقلص بشكل واضح كلما لمح شخصية مشبوهة تدخل البار. كان يعرف رجال الأمن ومخبريهم من بعيد، ويكاد يكون قادرًا على شمّ رائحة معينة تنبعث منهم كما كان يقول، على مدار مائة متر.

Zeichen. Er spürte instinktiv, dass sie ihn zum Kern dieses Geheimnisses führen könnten, falls Raouf tatsächlich mit einem Geheimnis zu tun hatte. Er stellte sich das leblose Gesicht seines hageren Freundes vor. Das Gesicht war durch die Verhaftungen und die Arbeit als Lehrer in weit entfernten Dörfern so geworden. Schon früh hatte Raouf eine Glatze bekommen, und Junis wußte von vielen Gesprächen mit anderen Freunden, dass diese Glatze Folge einer Typhuserkrankung im Gefängnis war. Während Junis rauchte und seine Augen zum letzten Mal über die Wand vor dem Schreibtisch schweifen ließ, entdeckte er in der Mitte, dem Stuhl gegenüber, ein Schwarzweißphoto, ein Bild aus einem Kinofilm. Es zeigte das Gesicht der schreienden Krankenschwester mit den blutunterlaufenem Auge aus dem Film *Potemkin* von Eisenstein. Er starrte auf ihren weit geöffneten Mund, als erwarte er, dass sie jetzt wirklich anfinge zu schreien. Immer wenn er das Bild sah, erinnerte er sich an die Szenen des Films, den er zweimal kostenlos im sowjetischen Kulturinstitut in der Abu Nawas-Straße gesehen hatte. Oben an der Wand hing ein Bild von Maruf Al-Rasafi. Er trug eine osmanische Kopfbedeckung. Es gab auch noch ein Bild von Al-Sajjab*, auf dem er so lachte, dass die Zähne sein schmales Gesicht überstrahlten. Aber das Bild, dass ihn anzog, hing unter dem Bild der Krankenschwester in einem hölzernen Rahmen; es war vergilbt und wahrscheinlich mit einer alten oder billigen Kamera aufgenommen worden. Darauf stand Raouf, ängstlich lächelnd wie ein Kranker, zusammen mit anderen Gefangenen im Schlafanzug vor einer Decke, die auf einer Wäscheleine hing.

---

* *Badr Schakir Al-Sajjab*: Berühmter irakischer Dichter (1926–1964)

- كالسلوقي ...

- وربّ السلوقي. إنها حامضة قليلاً كغائط السجين المضرب عن الطعام ومسمومة كاللبلبي الذابل.

على أنّ ضربة الإدراك الحقيقية التي أحسّ بها يونس تمزّق صدره وبقيت تنخر فيه كلما فكر بصديقه رؤوف، أتت ذات أمسية غبراء من تلك الأماسي المعلّقة بين الأمل والاحتضار، عندما كانت تغلّف بغداد بغشاوة دبقة من بقايا القيظ، وتدور الحشود بالغريزة كما تفعل الماشية القلقة بحثًا عن النسائم القليلة النادرة التي تهبّ على الوجوه آتية من جهة النهر. في تلك الأمسية رآه يشرب وحيدًا في بار صغير محشور بين دارين للسينما في زقاق قريب من حديقة الأمّة يرتاده العمّال والحمّالون والفقراء لرخصه، من خلف زجاجة قذرة مضبّبة باللهاث والدبق فيها كسورٌ مغطاة بالورق المقوّى وقطع من الخيش، وكاد يقف عندما لمح صورته الجانبية الأليفة لكنه وجد نفسه يشيح قليلاً وهو يمر بدافع قوي من الشعور بالتطفّل كأنه يطلّ على أعماق جريحة دون أن يكون مخوّلاً بذلك الحقّ. لكنه في تلك النظرة الخاطفة التي انصبّ فيها وعيه كاملاً فجأةً، كأن شريطاً مرتجفاً من العوالم ينداح في رأسه ليجعله يصحو بقوة، رأى أعماق البار المعتمة عبر طبقات لولبية من الدخان وفيه وجوه مكدودة عاكفة على الطاولات الخشبية الصغيرة وفي المقدمة، ملاصقاً للحاجز الزجاجي، ظهر رؤوف المحدودب، ويده المرفوعة بكأس العرق قبل أن يفرغها في جوفه بحركة قتيلة. لمح قسماته تشمئز بلذعة الشراب وأصابعه تمتد بشكل ضائع لتلتقط ملعقة من صحن الجاجيك كأنّه السم ثم يتهدّل رأسه

Alle standen auf einer hohen, hölzernen Empore. Raouf hatte ihm mehrfach über seine Tage in Nakret Al-Salman erzählt, dem Gefangenenlager in der Wüste, wo sie manchmal spontan Theaterstücke aufgeführt hatten. Dieses Lager war eine Station, durch die Generationen von politischen Aktivisten hindurchgingen. Die meisten von ihnen waren Künstler oder Dichter. Auf dem Bild konnte er Raschid erkennen. Er war Absolvent der Schauspielakademie. Junis hatte ihn mehrmals getroffen. Dann war er aus Bagdad verschwunden, und man erzählte sich, dass er in den Norden geflohen war.

Raouf hatte Junis angeboten, eine Weile in seinem Zimmer zu bleiben, weil er nach Ramadi fahren wollte, wo er sich jetzt noch befand. Er unterrichtete dort an einer Realschule Geschichte und Geographie. Er war ein eifriger und engagierter Lehrer. Gewöhnlich war er streng, als habe er durch das Schweigen gelernt. Das viele Gerede, mit dem die anderen ihre Zeit im Café verbrachten, interessierte ihn nicht. Mehrmals begleitete Junis ihn ins Kaufhaus Orsdibak in der Al-Raschid Straße. Er sah, wie er zwei Schallplatten klassischer Musik für teuer Geld kaufte, obwohl Raouf nicht viel Geld besaß. Den ganzen Abend verbrachten die beiden in der Al-Khajam Bar und tranken Farida Bier. Die Bar war klimatisiert. Aus der Klimaanlage oben an der Wand kam ein starker Luftzug, der den Kragen des weißen Hemdes flattern ließ und auch die wenigen Haare, die Raouf noch hatte und die er stets nach hinten über seinen vernarbten Kopf zu kämmen pflegte. An jenem Abend zog er aus seiner hinteren Hosentasche zwei Blätter hervor und las Junis nach einer langen, entschuldigenden Vorrede ein Gedicht vor. Er las langsam und leise, fast flüsternd, und schaute misstrauisch zum

على صدره ... بقي يونس يسير.

سحب الآن سيجارة جديدة من علبة الروثمان بعد أن أطفأ الأخرى في المنفضة. ومن حيث يستلقي في السرير بالعرض مستندًا بظهره إلى الحائط، رأى كارتون السجائر حيث تركه فوق الطاولة المواجهة، وسرَت في أصابع يده التي تحمل السيجارة رعدة خفيفة؛ فنهض للتو بنوع من التهوّر وأخذ الكارتون الأزرق ليضيفه إلى الحقيبة المفتوحة بجانبه في السرير؛ تحسسه بأصابع نهمة ثم تطلع إلى قعره: كانت فيه علبة واحدة. كرمشه بقوّة بعد أن انتشل منه العلبة الأخيرة وقد سيطر عليه هاجس المهمّة الأخرى التي كان يحاول أن يتفادى التفكير بها طيلة هذا الصباح ... تطلّع إلى ساعته بشكل خاطف وقد انهار في داخله ذلك السدُّ المنيع من اللامبالاة الذي كان قد بناه طبقة طبقة في الأيام الأخيرة بعد قراره بالرحيل، واستبدّ به شعور بالغبن والشراسة كان يداهمه كلما فكر بصاحبة الهديّة.

غلبت عليه صورتها الآن وهي تموّنه بالسجائر كأنها تربطه إليها بتلك الخيوط الزرقاء المتموّجة من الدخان وعلى وجهها ابتسامة عارفة ... كانت الساعة تتجاوز الثانية عشرة وعليه أن يتحرّك. لكنه فضّل أن يستسلم لوطأة التأخير. كانت قد قالت: «ليست هناك مشكلة. أنت الذي تفكر بالمشاكل، ليست هناك مشكلة واحدة»، بينما تدسّ كارتون السجائر بين ذراعيه كأنها تموّنه بالذخيرة للوصول إلى النسيان ... لكن «سمريّة» لم تكن تعرف أن السجائر لا تكفي، وأن خيوط الدخان التي تتلاشى في الهواء بغمضة عين لا تملك أية متانة، أو لعلّ ابتسامتها العارفة كانت تشير إلى هذا التناقض بالذات ... ساقُها المكتنزة التي

Nebentisch. Er bemühte sich, seine Stimme nicht weiter als bis zu Junis' Ohren dringen zu lassen. Er kam seinem Gesicht so nah, dass der Biergeruch seines Atems Junis entgegenschlug. Hinter seiner dicken Brille starrte er ihn an, dabei zog er mit der linken Hand an Junis' Ärmel, und immer, wenn er eine kurze Pause einlegte, drückte er sich an dessen Arm. Wenn jemand an ihrem Tisch vorbeikam, hörte er auf zu sprechen und ließ die anderen reden, als ob er gar nicht anwesend wäre. Seine Augen schweiften heimlich über die Tische. Junis beobachtete, wie er jedes Mal zusammenzuckte, sobald jemand die Bar betrat, der ihm verdächtig erschien. Raouf erkannte die Staatssicherheitskräfte und ihre Spitzel schon von weitem. Er sagte, er sei in der Lage, aus hundert Metern Entfernung einen bestimmten Geruch, der ihnen anhaftete, wahrzunehmen. Junis fragte ihn:

»Wie ein Spürhund?«

»Beim Gott der Spürhunde, es ist ein Geruch, ein wenig bitter wie von den Exkrementen eines Gefangenen, der sich im Hungerstreik befindet, und giftig wie verwelktes Efeu.«

Aber was Junis am meisten bedrückte, ihm das Herz zerriss und jedes Mal einen Stich gab, wenn er an seinen Freund Raouf dachte, geschah an einem jener Abende, die zwischen Hoffnung und Tod hingen. Wegen der Hitze lag Bagdad unter einer Decke klebriger Luft. Es herrschte eine deprimierende Atmosphäre. Massen von Menschen bewegten sich, von ihrem Instinkt geleitet wie eine Herde, zum Fluss. Sie suchten nach dem seltenen lauen Lüftchen, das vom Fluss herüberwehte und die Gesichter erfrischte. An diesem Abend sah er ihn allein in einer kleinen Bar in einer Gasse, die zwischen zwei Kinos nahe des Al-Umma-Parks lag. Dort verkehrten Arbeiter, Lasten-

كانت في يده، لم يكن يريد غير ذلك. وفي لحظة مثل تلك، كومة ملابسها على أرضيّة الغرفة، وفكّر بلحمها. يجب أن أبدأ من هناك. متأكد من أنني سألتقط الخيطَ ثانيةً إذا بدأت من هناك. في غرفتها التي كان قد بدأ يحسّ بأن علاقة من نوع ما قد تألفت بينه وبينها. هل يمكن؟ بالتأكيد. علاقة. تلك اللحظات الصغيرة المفقودة التي كانت تضيء فيها وسط السرير يدها الرخيصة أو جزء من ظهرها العاري. لكن يده لا تصلها كأنها تسبح بعيدًا وهو في أثرها، سمكةً طائشة، مخلوقًا شيطانيًا ساحرًا يقوده ويسبح، يسبح ويجرّه إلى حيث مأواه الحقيقي. كان يعرف أنه سيبقى حائمًا على المدخل دون أن يراها. أدرك هذا في كلّ مرة. وخصوصًا ليلة البارحة عندما كان ينبني فيه، منذ بداية النهار، إحساسٌ داهمٌ بالفشل وهو يتيه بين المقاهي والمحلات التجاريّة والسينمات في شارع الرشيد كأنه يودّع هذه المدينة التي قضى فيها شهورًا ثلاثة لم تكن سوى حلمًا، وقادته قدماه إلى غرفة سمريّة. كان يعرف الطريق، وفي كلّ مرة كان يخرج من الزحام الكثيف في الباب الشرقي ويزحف بالغريزة وهو سكران باتجاه السدّة الترابية العالية في أقصى كمب الكيلاني، يرشده خزّان المياه الكبير الذي بنتصب في مدخل الكمب كبيضة رخٍّ هائلة من الألمنيوم على أرجل طويلة من الحديد. لكنها هذه المرة لم تكن في البيت. سأل العجوز الآشورية الخرساء التي تقطن الغرفة المجاورة عندما فتحت له الباب فأشارت بيديها الاثنتين وهما متصلبتان إلى بعيد، أمام وجهها وعبر كتفيها عدة مرّات، ثم نفضتهما أمامها بيأس لتفهمه أن سمريّة ذهبت في مهمة إلى مكان ما ولن تعود قبل وقت طويل. كان يعرف

träger und viele Besitzlose, denn die Bar war preiswert. Er sah ihn hinter einem schmutzigen, beschlagenen, klebrigen Fenster sitzen. Das Glas war an vielen Stellen zerbrochen und notdürftig mit Jute und Papier geflickt. Er blieb stehen, als er von der Seite das vertraute Gesicht sah. Besessen vom Gefühl der Neugier, war es ihm, als blicke er in das Innerste eines zutiefst verletzten Menschen, ohne das Recht dazu zu haben. Augenblicklich liefen in seinem Kopf viele Szenen ab, die ihn wach machten. Die Bar war von vielen Rauchschwaden wie verdunkelt. Er sah dort gehetzte Gesichter versunken an kleinen Tischen sitzen, und vorne, direkt am Fenster saß Raouf, der seine Hand mit einem Glas Arak erhob und es in einem Zug leerte. Er sah, wie das Brennen des Getränks ihn anwiderte. Seine Finger bewegten sich wie von allein, um einen Löffel Tsaziki zu nehmen. Sein Kopf schüttelte sich, als ob er Gift gegessen hätte. Dann ging Junis weiter.

Junis nahm jetzt erneut eine Zigarette aus der Rothmans-Packung, nachdem er die andere im Aschenbecher ausgedrückt hatte. Er lag im Bett, den Rücken zur Wand. Er sah die Stange Zigaretten, die er auf den Tisch gelegt hatte. Durch die Finger der Hand, in der er die Zigarette hielt, floss ein leichtes Zittern. Erschrocken stand er auf, nahm die blaue Schachtel und steckte sie in seinen geöffneten Koffer neben dem Bett. Vorher hatte er die Kartons abgetastet und gemerkt, dass sich nur noch eine Packung darin befand. Er nahm die letzte Packung heraus, zerdrückte den Karton und warf ihn fort. Jetzt erinnerte er sich an sein anderes Vorhaben, das er schon den ganzen Morgen vor sich hergeschoben hatte. Er schaute plötzlich auf die Uhr, und ihm fiel der große, feste Damm von Gleichgültigkeit auf,

أين، وفي أيّة مهمة. قضى تلك الليلة يهيم حول بيتها قرب كنيسة الآشوريين لعلّه يراها عندما تعود، ثم انتهى وراء السدّة التي كانت تنوس وراءها نجومٌ حاشدة كالعناقيد تتدلى في العراء الخالي حتى تكاد تلمس الأرض، حيث جلس على السكة الحديدية ودخّن سيجارة. كان قطارٌ ليليّ بطيء يمرّ أحيانًا فيصغيان إلى ضجيجه في السرير دون كلام، وترتجف له الغرفة المظلمة بشكل خفيف: وذات مرّة في الأسبوع الأول تطلّع إلى الطاولة المحاذية للسرير عندما أخذت قناني الويسكي والكونياك تقرقع بشكل صاخب وقد سرَت فيها رعدة من القطار العابر، واسودّ تفكيره بالحقيقة التي كان يحيد عنها في كلّ مرة، وتحاول سمريّة باستماتة أن تجعله ينساها. لكن كارتونات السجائر وقناني الشراب كانت قد دلّته بشكل لا مردّ له. كانت في الخامسة والعشرين، تكبره بعامين، هربت إلى بغداد بعد أن مات زوجها أنطون تحت التعذيب على أيدي «الحرس القومي» في كركوك. يعرف القصة من هنا وهناك: سردت عليه هي تفاصيل معينة من جانب، وخمّن هو الجوانب الأخرى. لكن الذعر في عينيها كان أبلغ، فقد عرف أيضًا أنها اغتُصبت وأنها كانت السبب في اعتقال زوجها، فمعاون الحرس القومي الذي كان يحوم حولها منذ أن رآها، ذات يوم، دبّر اللازم للتخلص من زوجها بحجة أنه شيوعي ثم طرق عليها الباب ذات ليلة.

لفح وجهه نسيمٌ فاتر له رائحة الطين وأحسّ بدمدمة خفية في قضيب السكة البارد تحت إليتيه فنهض من مكانه وهو يفكّر بأيام طفولته عندما كان يضع أذنه على السكة ليصغي إلى ذلك الأنين السريّ الخافت في قلب الحديد، حتى يسمع تلك الدمدمة الخفيّة

den er in den letzten Tagen Stück für Stück aufgebaut hatte, nachdem er beschlossen hatte, auszureisen. Es überfiel ihn ein Gefühl der Boshaftigkeit und des Betrugs. Dieses Gefühl überkam ihn immer, wenn er an die Frau dachte, die ihm dieses Geschenk gemacht hatte. Er sah ihr Bild vor sich, wie sie ihn mit Zigaretten versorgte, als wollte sie ihn mit diesen blauen Dunstfäden an sich binden. Dabei hatte sie ein wissendes Lächeln.

Es war jetzt zwölf Uhr. Er musste gehen. Aber er versuchte, es hinauszuzögern. Sie hatte ihm gesagt: »Es gibt kein Problem. Du denkst immer an Probleme. Es gibt kein einziges Problem.« Sie klemmte ihm die Zigaretten unter den Arm, um ihn von seinem Vorhaben abzubringen. Aber Samria wußte nicht, dass die Zigaretten nicht ausreichten und dass die Dunstfäden, die in einem einzigen Augenblick in der Luft verschwanden, keinen Bestand hatten. Vielleicht deutete ihr wissendes Lächeln auf diesen Widerspruch. Er spürte ihr stämmiges Bein in seiner Hand. Er wollte nur das, und in einem solchen Moment lag ihre Kleidung auf dem Boden des Zimmers. Er dachte an ihre Haut: Von da aus muss ich beginnen. Ich bin sicher, dass ich den Faden wieder zu fassen bekomme, wenn ich von da aus beginne, dort in ihrem Zimmer, wo er allmählich spürte, dass die Beziehung zu ihr vertrauter wurde. War das möglich? Auf jeden Fall war es eine Beziehung, zumindest in diesen seltenen, kurzen Momenten, wo sie auf dem Bett saß und ihr Arm oder ein Teil ihres nackten Rückens zu sehen war. Aber seine Hand erreichte sie nicht. Sie schien weit entfernt von ihm zu schwimmen, und er folgte ihr wie ein ratloser Fisch. Eine teuflische, magische Kreatur führte ihn, und er schwamm, er schwamm, und sie zog ihn zu ihrer

فيعرف أن القطار البعيد موشك على القدوم. ثم سار متعثرًا باتجاه النهر ليقطع شارع أبي نواس وغايته غرفة رؤوف القريبة من نصب «الجندي المجهول». تنفّس ملء رئتيه هواء النهر المشبع برطوبة ليلية تمتزج بروائح خشب الرمّان المحترق وامتلأ أنفه ببقايا رائحة المسكوف المشوي، لكن النُدل في أكثر المقاهي الممتدة على طول دجلة كانوا يكوّمون الكراسي على بعضها في أهرام صغيرة متفرّقة وهم يتثاءبون، وأكثر المصابيح الملوّنة المعلقة بمئاتها على العوارض الخشبية كانت مطفأة ... أفرادٌ قلةٌ يبرزون فجأةً من مدخل زقاق يقود إلى الماء، ممن لفظتهم البارات المغلقة أو سينما قريبة، وصمتٌ تخترقه وشوشة النهر الجاري إلى يمينه ... تطلّع إلى النجوم التي تنفتح فوق بغداد النائمة كالعيون مستسلمًا لموجة الرائحة التي اكتسحته وهو يصغي إلى أصداء طفيفة غامضة تصله من بعيد لتختلط بالأصداء التائهة التي لا تكفّ عن التردّد في رأسه وهو يسير بآليّة كأنه مسيّر بحذائه، حتى وجد نفسه بالقرب من نصب «الجندي المجهول». كانت الأصداء قد قويت فجأة وانقلبت إلى صليل معدني عارم، وثمّة قامات تقف متجمّعة في جمهرات صغيرة على رصيفي شارع السعدون بالبيجامات وثياب النوم تراقب بصمت وبأنفاس مكتومة بينما طابور من الدبّابات والسيّارات المصفّحة يعبر ببطء إلى قلب المدينة. لم يكن أحدٌ يتكلم أو يدخّن وكان الصمت أعمق حتى وجنازير الدبّابات تطحنه بصريرها. وبين حين وآخر يظهر وجه جندي تحت بيريه رخو أو خوذة ذات سماعات كبيرة تغطي أذنيه، في فوهة دبّابة أو خلف مدفع رشّاش منصوب على مصفّحة ...

Höhle. Er wußte, dass er vor dem Eingang herumstehen müsste, ohne sie zu sehen. Immer wieder machte er diese Erfahrung, vor allem gestern Nacht, als er spürte, dass er wieder versagen würde. Er streifte durch die Cafés, Läden und Kinos in der Al-Raschid Straße, und wollte diese Stadt gleichsam verabschieden. Er hatte drei Monate darin verbracht, und es schien nur ein Traum gewesen zu sein. Seine Schritte führten ihn zu Samrias Zimmer. Er kannte den Weg. Er ging immer durch das große Gedränge am Osttor und kroch seinem Instinkt folgend betrunken in Richtung des Damms am Ende des Kilani Camps. Der große Wasserturm, der am Eingang des Camps wie das Riesenei eines riesigen, sagenhaften Vogels auf riesigen, eisernen Füßen stand, führte ihn dorthin. Aber dieses Mal war sie nicht zu Hause. Er fragte die alte, stumme assyrische Frau, die im benachbarten Zimmer wohnte, nach ihr. Sie öffnete ihm die Tür, kreuzte beide Hände übereinander und zeigte in die Ferne. Dann deutete sie auf ihr Gesicht, dann mehrmals auf ihre Schultern, und schließlich schüttelte sie zweifelnd die Hände aus, und gab damit zu verstehen, dass Samria in einer bestimmten Angelegenheit gegangen war und erst später zurückkommen würde. Er wusste, wo sie war und um welche Angelegenheit es sich handelte. Er verbrachte die Nacht damit, um ihr Haus neben der assyrischen Kirche herumzustreifen. Vielleicht würde er sie treffen, wenn sie zurückkam. Dann gelangte er auf den Platz hinter dem Damm, wo er die dichten Sterne am Himmel betrachtete. Sie sahen aus wie Weintrauben, die im All hängen und beinahe den Boden berühren. Er setzte sich auf die Bahngleise und rauchte eine Zigarette. Manchmal fuhr in der Nacht ein langsamer Zug durch. Dann horchten sie im Bett auf seinen Lärm, ohne ein Wort zu

رقد في تلك الليلة على سريره في غرفة رؤوف دون أن ينام حتى الفجر، في فمه بُواخ التدخين وفي رأسه تلك الأصداء العارمة المختلطة التي بدأت من الآن، في لحظات الفجر الأخيرة تتوحد وتلتئم بأفكاره المتعلّقة برحيله وباليوم التالي.

ذهب إلى النافذة فأغلق درفتيها بإحكام. إنقطعت أصوات الباعة العابرين من حين إلى آخر في الزقاق، ينادون على بضائعهم بأصوات عالية رتيبة وخفّ ضجيج سيّارة كان صاحبها يحاول أن يشغّلها دون فائدة. كان شابًا يرتدي البيجاما والنعل يسبُّ ويلعن ضاحكًا وهو يحاول أن يشغّل سيّارة الفوكسهول الإنكليزية العتيقة السوداء، ورجلٌ عجوز يلبس دشداشة يدفعها من الوراء. سمع المحرّك الصاخب عدّة مرّات ورأى السيّارة تقفز قفزات ضفدعية كبيرة ثم تنطلق وهي تضرّط وتطلق سحابة من الدخان، لكنها ما لبثت أن توقّفت ثانية في نهاية الزقاق.

إلى يساره كانت آلة الفونوغراف، في الزاوية المواجهة للسرير، يقبع على طاولة صغيرة وتحتها صفّان من الأسطوانات في أغلفتها البرّاقة عدا واحدة كانت ترقد على الصف الأعلى وفوقها قطعة جلد مخمليّة تستعمل لنتظيف الإسطوانات. التقطها بعناية وقرأ على عرض الغلاف «طائر النار» لسترافنزكي. تأمّل صور الموسيقار الضئيل يحمل عصا المايسترو. ثم أدرك لخفّته أنّه فارغ وتطلّع فرأى الإسطوانة في الفونوغراف. فتح غطاءه الزجاجي ودفع بإبهامه مؤشر الـStart فارتفعت اليد الحاملة للإبرة. لحظة، والتقطت الإبرة مجراها فبدأت بينها وبين الإسطوانة علاقة حميمية من الدوائر: وعلا في الغرفة حفيف أركسترا يخترقه صوت الوتريات فانسلّ من الزاوية إلى وسط

reden. Das dunkle Zimmer bebte ein wenig. In der ersten Woche hatte er einmal auf den Tisch neben dem Bett geschaut, wo die Whisky- und Cognacflaschen klirrten. Es wurde ihm schwarz vor Augen, als die Wahrheit vor ihm stand, die er immer beiseite geschoben hatte. Samria versuchte mit aller Kraft, ihn davon abzulenken. Aber die Zigarettenpackungen und die Flaschen ließen keinen Zweifel.

Sie war fünfundzwanzig Jahre alt, zwei Jahre älter als er. Sie floh nach Bagdad, nachdem ihr Mann Anton unter der Folter der Nationalgarde in Kirkuk gestorben war. Er kannte die Geschichte gerüchteweise. Auch sie hatte ihm schon einige Einzelheiten erzählt, und er schloss daraus auf bestimmte Zusammenhänge. Denn der Schrecken in ihren Augen erzählte davon. Er wußte, dass man sie vergewaltigt hatte und dass es an ihr lag, dass ihr Mann verhaftet worden war. Denn ein Offizier der Nationalgarde wollte sie haben, nachdem er sie eines Tages gesehen hatte. Er organisierte die Aktion und beschuldigte ihren Mann, Kommunist zu sein, um ihn verschwinden lassen zu können. Eines Nachts klopfte er dann bei ihr an die Tür.

Lauwarme Luft schlug ihm ins Gesicht. Die Luft roch nach Schlamm, und er spürte eine leise Schwingung auf der kalten Schiene unter seinem Gesäß. Er erhob sich und dachte an seine Kindheit, als er das Ohr auf die Schiene gelegt hatte, um auf diese leise, geheimnisvolle Schwingung zu lauschen. Wenn er damals diese leise Schwingung hörte, wusste er, dass der Zug bald eintraf. Jetzt ging er stolpernd in Richtung Fluss und überquerte dabei die Abu Nawas-Straße. Sein Ziel war Raoufs Zimmer in der Nähe des *Denkmals des Unbekannten Soldaten.* Er sog die Luft des Flusses ein, die nächtliche Feuchtigkeit und der

الغرفة ببطء محاذرًا أن يصطدم بالطاولة وحمولتها الهشّة وهو يصغي إلى آخر الأصوات التي اختار أن يسمعها رؤوف.

«ليست مشكلة. أنت الذي تجعل من الأمر مشكلة. ولا يمكنك أن تعرف ما أريد».

«أنت بغي ولا أحتاج إلى التفكير كثيرًا لأحزر ما تريدين».

عندما حاولت أن تصفعه قبض على يدها المرفوعة وأبقاها عاليًا في الهواء محدّقًا في عينيها اللتين كانتا تشعّان بالغضب وتبعثان بالبريق. مفتوحتين على وسعهما دون أن تطرفا فلم يعد يفكّر وهو قابض على يدها التي بدأت بالإرتخاء مشغولاً بعالم عينيها اللتين بدأتا تغتسلان من الداخل بدموع مقهورة وكان هذا ما يريد. لم تعد به حاجة للكلام وقد استسلم كالغريق لبحر من الهواجس، ولم يرد أن ينقطع الخيط المتوتّر الذي كان يتدلى إلى أعماقها سابحًا بينهما في الهواء ...

ثم أنزل يدها قابضًا على أصابعها التي بدأ يمسّدها برقة فسحبتها من يده بغيظ واستدارت عنه فجذبها من شعرها وتلاحما. وَلَجها وهي تتظاهر بأنها تمانع لكنها في نفس الوقت توحي بأنها قابلة للكسر، وتوحي بذلك أيضًا كأنها تُكرّر اغتصابها في كلّ مرّة. حين استسلمت كانت بالعكس، أكثر حرارة وحميمية وعنفًا إلى حدّ فوجئ به ولم يستطع أن يتحمّل طويلاً فأطلق لنفسه العنان وفاض فيها كالنهر ساقطًا برأسه أخيرًا بين ثدييها النافرين الكبيرين، حتى حانت لحظة ذهابها إلى الحمّام فأزاحته عنها بإحدى يديها وتطلع إليها تنهض فوقه فرأى بصمات يديه الوردية على لحمها الأسمر البض بوضوح وانطباعة ساعته في ثديها الأيمن حيث كانت يده تستريح وقد نسي، لشدّة تلهّفه، أن

Geruch verbrannten Granatapfelholzes erfüllte. Es roch nach Resten von gegrilltem Fleisch. Um diese Zeit stapelten die Kellner am Tigrisufer die Stühle wie zu einer kleinen Pyramide. Sie gähnten, und die meisten der überall hängenden bunten Lampen waren erloschen. Unvermittelt tauchten in einer Gasse, die zum Wasser führte, vereinzelt Leute auf. Sie kamen aus den gerade geschlossenen Bars oder Kinos. Sonst herrschte tiefe Stille, die nur von der rechten Seite her durch die Geräusche des Flusses durchbrochen wurde. Er schaute zu den Sternen über dem schlafenden Bagdad und fand sie wie geöffnete Augen. Er gab einer Welle der Ruhe nach, die ihn gerade erreichte, als er ein leises Echo aus der Ferne hörte. Es vermischte sich mit dem verwirrten Echo in seinem Kopf, und er lief wie von selber, als würde er von seinen Schuhen dazu getrieben. Schließlich kam er vor dem *Denkmal des Unbekannten Soldaten* an. Die Echos wurden plötzlich stärker und verwandelten sich in ein starkes eisernes Klirren. Auf dem Bürgersteig der Al-Sadoun Straße standen kleine Grüppchen von Menschen in Schlafanzügen herum und beobachteten schweigsam mit angehaltenem Atem eine Kolonne von Panzern und gepanzerten Fahrzeugen, die langsam auf das Stadtzentrum zufuhren. Niemand sprach oder rauchte, und das Schweigen schwoll an, bis es vom Klirren der Panzer zermalmt wurde. Auf den Panzern und hinter den Maschinengewehren der gepanzerten Autos erschien von Zeit zu Zeit das Gesicht eines Soldaten unter einer Mütze oder unter einem Helm mit großen Kopfhörern, die seine Ohren bedeckten.

In dieser Nacht legte er sich bis zur Morgendämmerung im Zimmer von Raouf zu Bett, ohne schlafen zu können, in seinem Mund der Geschmack des Qualms und in seinem Kopf die

ينزع الساعة من رسغه ...

حمل حقيبته إلى الطارمة وجلس هناك لحظة على المصطبة الخشبية التي تواجه الحديقة الخلفية ثم نهض تاركًا حقيبته على المصطبة متطلّعًا إلى الأشجار التي كانت ما تزال تحمل بعض الأشرطة من مخلفات عرس نوزاد وتتدلى من بعض أغصانها أسلاك كهربائية مثقلة بالمصابيح الملوّنة كالعناقيد من الفاكهة الغريبة. لكن حفيف الوتريّات الذي كان يتدفّق تحت لمسة الإبرة، أرشده إلى الفتاة الصغيرة التي كانت ما تزال في الحديقة، واقفة ملاصقة للجدار، منشغلة. ثم رآها تمشي مترنّحة كأنما في الحلم ووقفت الآن مباشرة فوق الطفل الذي كان راكعًا على الأرض بحيث أن رأسه الأشقر كان يبدو، وسط فخذيها، كثمرة ذهبية كبيرة تتدلّى من أسفل بطنها. بدأت الصبيّة تضحك في وجه الطفل الذي كان، كما يبدو، يطالبها بشيء ما. فجأةً أدارت إليه ظهرها، ورفعت ثوبها بيديها حتى منتصف ظهرها بحيث كشف عن أعلى ردفيها العاريين وبداية عمودها الفقري. أذهلته الحركة ليس لأنّها غير متوقّعة، بل لأنّ الفتاة قامت بها في وجه الطفل تحت إلحاح كان يتألف في داخلها منذ البداية. ولأنها كانت حركة أزاحت براءة الفتاة للحظة واحدة وألقت بها إلى جانب: قوّست ركبتيها بشكل هزليّ وماجن في نفس الوقت دافعة بحوضها إلى الوراء وهي تدير رأسها نحو الطفل بوجه تمتزج فيه السخرية بالشغب وبالشهوة. ومع نهوض الطفل الذي طارد أخته نحو المدخل، أخذت الإبرة تحشرج. تركها تدور قليلاً في خط الإسطوانة الأخير. ثم سار متثاقلاً فأغلق غطاء الفونوغراف وألقى نظرة أخيرة على الغرفة قبل أن يردّ الباب خلفه

gewaltigen, sich vermischenden Echos, die mit dem Anbruch des Morgens begonnen hatten. Sie vereinigten sich und verbanden sich mit seinen Gedanken an die Abfahrt an diesem Tag: Ich war, sie war, und sie waren.

Er ging zum Fenster und schloss es. Die Stimmen der fliegenden Händler, die in der Gasse laut und monoton ihre Waren ausriefen, verloren sich zeitweise. Der Lärm eines Autos, das sein Besitzer erfolglos zu zünden versuchte, verschwand. Es war ein junger Mann in Schlafanzug und Pantoffeln, der lachend schimpfte und dabei versuchte, einen alten, schwarzen, englischen Vauxhall zu zünden. Ein alter Mann in einer Daschdascha* schob das Auto von hinten an. Er hörte den dröhnenden Motor mehrmals und sah, wie das Auto immer wieder wie ein großer Frosch nach vorne sprang. Dann fuhr es los, furzte und ließ eine Wolke von Rauch hinter sich. Schließlich blieb es am Ende der Gasse wieder stehen.

Links von ihm an der Ecke neben dem Bett stand auf einem kleinen Tisch der Plattenspieler. Unten waren die Schallplatten in ihren glänzenden Hüllen aufgestapelt. Oben darauf lag ein Ledertäschchen mit einem Samttuch darin, um die Platten zu säubern. Er nahm die oberste Platte und las, was auf der Hülle stand: »*Der Feuervogel* von Strawinsky.« Er betrachtete das Bild des schmalen Dirigenten, der den Taktstock in der Hand hielt. Er bemerkte, dass die Hülle leer war, denn sie fühlte sich leicht an. Er sah die Platte auf dem Plattenspieler liegen. Er öffnete die gläserne Abdeckung und drückte mit dem Zeigefinger auf den Startknopf. Dann hob er den Arm hoch und setzte die

---

* *Daschdascha*: Überwurf, der von Männern getragen wird.

ويلتقط حقيبته من المصطبة وينزل الدرج ...

Nadel auf. Zwischen Nadel und Platte entwickelte sich eine bedingungslose, innige Beziehung von Kreisen. Der Raum wurde erfüllt vom Klang des Orchesters, aus dem die Saiteninstrumente hervorstachen. Er stand auf und bewegte sich langsam von der Ecke in die Mitte des Zimmers. Er war vorsichtig genug, nicht an den Tisch zu stoßen, denn alles, was darauf stand, war wackelig. Dabei hörte er das Ende der Musik, die Raouf ausgewählt hatte.

»Es gibt kein Problem. Du machst daraus ein Problem, und du weißt nicht, was ich möchte.«

»Du bist eine Hure, und ich brauche nicht lange zu überlegen, um zu wissen, was du willst.«

Als sie versuchte, ihn zu ohrfeigen, fasste er ihre erhobene Hand und hielt sie in der Luft fest. Er schaute ihr in die zornigen, weit geöffneten Augen. Ihre Blicke nahmen ihn gefangen. Sein Händedruck ließ allmählich nach, denn ihre Augen fesselten ihn. Sie weinte bitterlich. Das war es, was er wollte. Er wollte nicht mehr reden. Er gab auf wie ein Ertrinkender in einem Meer von Sorgen. Dennoch wollte er nicht, dass der gespannte Faden zu ihr zerriss. So ließ er ihre Hand los und streichelte zärtlich ihre Finger. Verärgert zog sie die Hand zurück und drehte sich auf die Seite. Er zog sie an den Haaren zu sich. Sie tat so, als ob sie nicht wolle, aber gleichzeitig gab sie Signale, dass sie es doch wolle. Jedes Mal stellte sie sich an, als würde sie vergewaltigt. Als sie aufgegeben hatte, war sie sehr stürmisch und sehr heiß. Das überraschte ihn, und er konnte es nicht lange aushalten. Er legte den Kopf zwischen ihre großen Brüste. Dann schob sie ihn beiseite, stand auf und ging ins Bad. Beim Aufstehen sah er die Spuren seiner Hände auf ihrer dunk-

len Haut und den Abdruck der Uhr auf ihrer rechten Brust, wo seine Hand die ganze Zeit gelegen hatte. Bei all der Erregung hatte er vergessen, die Uhr abzunehmen.

Er nahm den Koffer und ging nach draußen unter die Laube. Er setzte sich auf die hölzerne Bank, vor sich den Garten des Hinterhauses. Dann erhob er sich, ließ seinen Koffer auf der Bank stehen und betrachtete die Bäume, an denen bunte Streifen hingen, die Reste von Nouzats Hochzeitsfest. An manchen Zweigen baumelten noch Kabel mit bunten Lampen, die wie unbekannte Früchte aussahen. Der Klang der Saiteninstrumente, die vom Plattenspieler herüberschallten, führte ihn zu dem kleinen Mädchen zurück, das immer noch im Garten war. Sie stand direkt an der Mauer und beschäftigte sich mit etwas. Dann sah er sie schwankend umherlaufen wie im Traum. Vor dem Kopf des Kindes, das auf dem Boden kniete, hielt sie inne. Sein blonder Kopf zwischen ihren Schenkeln glich einer großen goldenen Frucht, die unter ihrem Bauch hing. Lachend stand sie vor dem Kind, das vermutlich etwas von ihr verlangte. Plötzlich drehte sie sich um und kehrte ihm den Rücken zu. Sie hob ihr Kleid bis zum Rücken hoch und zeigte ihr nacktes Hinterteil und ein Stück der Wirbelsäule. Diese Szene irritierte ihn, nicht weil sie unerwartet kam, sondern weil sie sich ungezwungen vor den Augen des Kindes abspielte und für einen Moment die Unschuld des Mädchens trübte. Das Mädchen beugte sich verspielt nach vorne, wandte den Kopf stets dem Kind zu, zeigte ihr Verlangen und machte ein Spielchen daraus. Als das Kind aufstand, um seine Schwester wieder ins Haus zurückzujagen, begann die Platte zu kratzen. Er ließ sie weiterlaufen. Dann stand er langsam auf, ging hinüber, schloss den Deckel des Plat-

tenspielers, warf einen letzten Blick auf das Zimmer, machte die Tür hinter sich zu, nahm seinen Koffer von der Bank und ging die Treppe hinunter.

Quellen

Bibliographische Angaben zur arabischen Erstveröffentlichung der in diesem Band enthaltenen Kurzgeschichten.

غرفة مهجورة (Ein unbewohnter Raum):

نُشرت تحت عنوان: «غرفة غير مستعملة ...» في **الآداب اللبنانية**، العدد 6، (حزيران 1966)، وقد غيّر المؤلف العنوان في الطبعة الألمانية المزدوجة اللغة.

الملجأ (Der Zufluchtsort):

نُشرت في **العاملون في النفط**، العدد 55، (تشرين الأول 1966).

النورُ ضعيفٌ في السادسة (Um sechs Uhr schimmert das Licht):

نُشرت في **الآداب اللبنانية**، العدد 2، (شباط 1967)

العلاقة (Die Beziehung):

نُشرت في **العاملون في النفط**، العدد 44، (تشرين الأول 1965).

عاصمة الأنفاس الأخيرة (Die Hauptstadt des letzten Atemzugs):

نُشرت في **فراديس**، العدد 3، (1992)

Über den Autor und sein Werk

Foto: Stephan Trudewind

Sargon Boulus wurde 1944 geboren, er entstammte einer assyrischen Familie. Die ersten Lebensjahre verbrachte er in al-Habbaniyya, einem kleinen Ort in der Nähe von Bagdad, in dem die Engländer Assyrer aus dem Norden nach den Ausschreitungen in den 20er Jahren angesiedelt hatten. Den anderen Teil seiner Kindheit und Jugend verbrachte er in der multikulturell geprägten Stadt Kirkuk im Norden des Irak.

Bereits 1958 wurden erste Gedichte von ihm veröffentlicht. 1962 ging er nach Bagdad, 1967 zog es ihn nach Beirut, dem damaligen Zentrum arabischer Poesie. Dort arbeitete er eng mit

Jusuf al-Khal und Adonis zusammen und hatte wesentlichen Anteil an der Wiederbelebung der Zeitschrift Šiᶜr (Dichtung), der führenden arabischen Literaturzeitschrift. Als er in Beirut von der Polizei aufgegriffen und in Gewahrsam genommen wurde, weil er keine Ausweispapiere vorlegen konnte, gelang es ihm mit Unterstützung von Freunden, Kontakt zur amerikanischen Botschaft herzustellen, die ihm ein Visum für die USA ausstellten. Dort lebte er seit 1969 für fast 40 Jahre in San Francisco, unterbrochen nur durch einige längere Reisen und Auslandsaufenthalte. 1994 war er Stipendiat der Heinrich-Böll-Stiftung und war seitdem häufig und länger in Deutschland zu Gast, so lebte er das Jahr vor seinem Tod in Schöppingen. Sargon Boulus starb am 22. Oktober 2007 in Berlin, begraben ist er auf dem assyrischen Friedhof von Turlock in Kalifornien.

Sargon Boulus ist vor allem als Dichter bekannt geworden, doch genau so bedeutend ist sein Werk als Übersetzer. Er übersetzte ins Englische, aber auch ins Arabische, vor allem Lyriker der amerikanischen Beat-Generation wie Allen Ginsberg, Gary Snyder, Michael McClure und englischsprachige Dichter wie Wystan Hugh Auden, Sylvia Plath oder Robert Lowell wurden erst durch ihn in der arabischen Welt bekannt.

Seine eigenen Gedichte erschienen zuerst in verschiedenen Literaturzeitschriften. In Buchform liegen folgende Gedichtbände auf Arabisch vor:

الوصول إلي مدينة أين

(Die Ankunft in der Stadt Wo) Athen 1985 und Al-Kamel Verlag, Köln 2003,

الحياة قرب الأكروبول

(Das Leben unter der Akropolis) Casablanca 1988 und Al-Kamel Verlag, Köln 2008,

الأول والتالي

(Von Anfang bis Ende) Al-Kamel Verlag, Köln 1992,

حامل الفانوس في ليل الذئاب

(Laternenträger in der Nacht der Wölfe) Al-Kamel Verlag, Köln 1996,

كنت نائماً في مركب نوح

(Als du in Noahs Arche einschliefest) Al-Kamel Verlag, Köln 1998,

عظمة أحري لكلب القبيلة

(Ein weiterer Knochen für den Hund des Stammes) Al-Kamel Verlag, Köln 2008.

Auch auf Deutsch sind eine Reihe seiner Gedichte verstreut veröffentlicht worden, u.a. in *Lettre International*, *Akzente*, *Neue Sirene*, sowie in den Anthologien »Mittenaus – mittenein. Lyrik aus dem Irak«, herausgegeben 1993 von Khalid Al-Maaly und Suleman Taufiq, und »Zwischen Zauber und Zeichen. Moderne arabische Lyrik von 1945 bis heute«, herausgegeben im Jahr 2000 von Khalid Al-Maaly.

Als Monografie ist eine zweisprachige, arabisch-deutsche Ausgabe mit Gedichten unter dem Titel »Zeugen am Ufer« 1997 im Verlag *Das Arabische Buch* in Berlin erschienen.

Seine Kurzgeschichten fanden lange nicht die angemessene Würdigung. Sie wurden ebenfalls früh in Literaturzeitschriften veröffentlicht, aber diese Edition war beim Erscheinen der 1. Auflage 1996 die erste, die einige seiner Kurzgeschichten einem größeren Leserkreis zugänglich machte. Inzwischen hat sich Khalid al-Maaly, ein guter Freund von Sargon Boulus, sehr um die Betreuung des Werks verdient gemacht. In seinem *Al-Kamel Verlag* erschien 2015 auch eine Anthologie mit allen bekannten Kurzgeschichten von Sargon Bouulus auf Arabisch unter dem Titel »Die Hauptstadt des letzten Atemzugs«.

Über sein Verhältnis zur Dichtung, Literatur und Sprache, über seine Herkunft, Familie und sein Leben erzählt Sargon Boulus selbst ausführlich in einem Beitrag, der in der Zeitschrift *Banipal* Nr. 1 (Februar 1998) veröffentlicht wurde. Ebenfalls in *Banipal* ist eine Würdigung durch Margaret Obank in der Ausgabe Nr. 30 (Herbst/Winter 2007) erschienen.

Zweisprachige Reihe Arabisch-Deutsch

Z. Zt. lieferbar:

Bd. 5:

Suleman Taufiq:

Im Schatten der Gasse. Erzählung

158 Seiten; brosch.

ISBN 978-3-922825-48-7

»Sein Vater hielt ohnehin nicht viel von der Schule und vom Bücherlesen. Er sagte, sein Sohn brauche Liebesbriefe weder zu schreiben noch zu lesen, denn er habe bereits ein Mädchen für ihn gefunden, das Abu Hanna später heiraten werde.« Die Gasse in Damaskus, von der Suleman Taufiq erzählt, ist Schauplatz von Hochzeitsfesten, ist geselliges Forum und Bühne der Eitelkeiten. In humorvoll erzählten Szenen entwirft der Autor ein farbenfrohes Mosaik arabischer Lebensart.

Bd. 7:

Abdulrahman Majid Al-Rubaie:

Solange die Sonne noch scheint. Erzählungen

192 Seiten; brosch.

ISBN 978-3-922825-65-4

Sich als Mann zu behaupten – gerade im Umgang mit den Frauen – ist auch in der arabischen Welt nicht leicht! Davon weiß der Iraker Al-Rubaie zu erzählen. Fein beobachtet paart er dabei eine gehörige Portion Bösartigkeit und Zynismus mit herz-

lichem Humor. Wie so oft bei Al-Rubaie sind es auch in diesen vielfach autobiographisch gefärbten Erzählungen oft einsame und resignierte Helden, die vor dem Hintergrund einer unbeständigen und widersprüchlichen Welt agieren.
Der Band enthält sieben Erzählungen und Kurzgeschichten.

Bd. 8:

Nagib Mahfuz:

Geschwätz auf dem Nil. Roman

336 Seiten; brosch.

ISBN 978-3-922825-76-0

Anis, der Protagonist des Romans, lebt anspruchslos und zurückgezogen auf einem Hausboot am Ufer des Nil. Allabendlich trifft sich bei ihm ein Schar von Freunden, eine Gruppe von Intellektuellen, um zu diskutieren, zu lamentieren, und sich von einer Außenwelt voller Unliebsamkeiten und mangelnder Zukunftsperspektiven abzukapseln – vor allem aber, um kiffend zu vergessen, »dass das Schiff seinen Weg nimmt, ohne uns zu fragen und ohne unsere Hilfe«. Dieser selbstgefällige Rausch kann auf Dauer nicht gut gehen. Die Katastrophe kommt in Form eines tragisch verschuldeten Autounfalls ...

Das gesamte Verlagsprogramm finden Sie auf unserer Internetseite www.edition-orient.de. Oder fordern Sie gerne einen Prospekt an:
Edition Orient, Muskauer Straße 4, 10997 Berlin